U0542582

《人类—思考》 朱蕊 绘

孙冬 著　朱蕊 绘

如何　　成为

一只猫

南京大学出版社

目　　录

引　　子

影 子

腹黑、棕靴、白嘴皮

吃玻璃心玩具，啃难啃的书本

在房间里追鬼，踢世界的屁股犹如

闲庭信步

在房子的各处总能听到嚼小舌头

当它们翻阅大把的时间，总会听到

意第绪和广东话的咬牙、嗔斥和喵喵笑

有时对着和袜子沾亲带故的晨昏

不吐不快，有时对着鸟和黑影狮吼

有时，用一个哈欠来

结束一场意外的修行

疯狂的罐罐和尖牙让

日常的奥义书破防，弯道综合征让

先生们顾此失彼

撕掉一幅名画，催眠一个粪团

还是不要提中产阶级的

猫薄荷：云雀、洛丽塔

米开朗基罗

可以说它们从未来过这里

虽然它们像婴儿一样

在这里打盹儿

除了季节，其他更迭都不可能

就像瞌睡虫的花色都不可控

它们可以是我们的猫

但是它们不是

《出发》

01

禅修猫 和 我们时代的
躁郁狂

　　一则消息称2021年猫粮的进口额大于婴儿奶粉的进口额。朋友小婷笑，看来我也贡献了一份力量。朋友小朱妈妈惊了，乖乖，女孩子养了猫更不要养娃了。小朱一翻眼睛回了一句：养娃那是增压，养猫那是减压。确实，在养娃之前，是要先投喂好自己，优先抚慰自己的心灵。

　　猫疗愈孤独和创伤是直观可感的，因为孤独和创伤是赤裸、坚硬和冰冷的，猫是毛茸茸、软乎乎和热嘟嘟的。朋友西西在被生意伙伴和挚友骗了之后，在院子里养了二十多只家猫，还在小区里投喂了十几只野猫。那是一种对自己的怜惜和补偿，一种同是天涯沦落人的认同感，一种被需要的、让爱可以安放的价值感。至少，一只睡觉猫可以把睡眠分给孤枕难眠的人。

　　神经科学家们在猫和人的情感互动这个课题上产出了相当多的成果。他们的发现似乎佐证了人们之前的感觉：养猫之所以让人欲罢不能，是因为猫萌萌的长相能激活大脑杏仁体的奖励系统，令人开心，而撸猫的动作和触感，能刺激大脑释放"催产素"，一种类似坠入爱河时所出现的激素，还能降低血压和呼吸频率。猫呼噜声的频率在20赫兹至110赫兹之间，这声音也可以让人的肌肉和心情放松，缓解焦虑和紧张。东京农业大学的一位研究者永泽巧（Takumi Nagasawa）曾撰文论述人猫互动确实可以激活人类的前额叶皮层，包括额下回区域，提高人的非语言交流能力、感受力和同理心。另一项研究则显示，包括杏仁体和海马体在内的边缘脑会在人类和其长期生活的宠物之间建立一种类似夫妻和子女之间的感情纽带。看来，在长期的亲密关系中，人类的大脑和基因也会被他们的萌宠所改变（甚至有人认为，猫会操纵人的情感和认知）。但这些科学研究都在寻找一种有关人－猫关系的"外科式"的生物学上的答案。可实证、可建模的实验似乎无法令人信服地说明宠物和人的精神互动，就像是科学也无法充分解释和治疗像抑郁和躁狂这样的精神痼疾一样。一个精神科的医生永远也不可能像内科和外科医生一样做到不看病人，只看CT和核磁共振的结果来诊断病情。

　　抑郁症和躁狂症，我们的时代最普遍也最难缠的病魔，是如何找上它们的宿主的？抑郁症患者所体验的无助感不是源于无能。恰恰相反，他们通常都拥有姣好的容貌和卓越的才华，只不过他们心灵的管道被塞满了垃圾。他们在与世界交手的时候，认清了生存的苍凉底蕴，不过，

这种智慧和天赋却是把双刃剑，在他们试图从荒芜之地抽身而退的时候发现世界变大了，自己变小了，就像可怜的爱丽丝一样——一颗敏感的心捕捉到了世界的阴影，却把自己献祭给了黑暗。引用弗洛伊德的话说，当他者被内化为自我的一部分。自我和内化的他者之间的冲突到了无法调和的地步，人对自我的认知遭到了降维打击，因此就抑郁了。

抑郁症也不等同于消极。按照韩炳哲（Byung-Chul Han）的说法，这反而是过于积极的结果。这位德国韩裔哲学家认为抑郁和躁狂都是"功绩社会"的症候，是过度紧张和过量的自我指涉所致。疲惫和忧郁的功绩主体不断地在兴奋中自我消耗，就像是被误导的免疫系统突然发起对自我的攻击，个体在和自我的竞争中发展出一种深度的无力感。这和神经科学上的注意力缺陷多动综合征（ADHD）在症状上极为相似。ADHD听上去似乎和抑郁症是完全相反的，但是它们所产生的负面影响却非常相似。当大脑边缘结构过度兴奋和活跃，会导致人的情绪多变、注意缺陷、精力枯竭、自我认知低下，冷漠、绝望、罪恶感、失眠和抑郁随之而来，对他人行为的反应和对事件的阐释也通常是负面和消极的。所谓"正正得负"，就是这个意思。

如果你试了药物和心理医生还是收效甚微（或者你不大愿意去看医生）的话，不妨试试猫修，把猫科动物的世界观和生活方式当作禅修的目标（可以试着闭上眼睛，想象自己是一只猫）。现在开始减动和停止内卷，修炼一种不在乎、不尝试、不固化的硬核态度。

当然说"不在乎"并不是什么都不在乎，而是明智地选择去在乎什么，不在乎什么。猫也是很在乎食物的品质、阳光和空间的。但是如果你过度关注你前任的一举一动，社交媒体上的点赞，脸上新长的黄褐斑，一个有点伤

《青白眼》

自尊的笑话，前不久花的一笔冤枉钱，那意味着你没有其他更好、更重要的事情可以在乎。

　　过于在乎的人喜欢把世界和问题个人化，这种脑回路会对他人的言行过度解读。但是，要知道世界也许并非都关于你、围绕着你。他拒绝接受你的感情并不是因为你不够好，一个朋友自杀了也不是因为你没有及时伸出援手，一个无心的笑话可能并不是针对你个人。我大学的一个同学就因为自己出门总是看到寿衣店而每天惴惴不安，感觉大祸临头。其实我们每个人进出校门都要经过那个寿衣店，它就是一个寿衣店，恰好开在学校门口，和我们的日常生活和旦夕祸福没什么关系。像我那个同学一样，那些对细节特别在乎的人往往会高估自己的特殊性。认为就自己最倒霉、最生不逢时，遇见的人也最奇葩，但其实无论承受和遭遇什么，你可能都没有自己想象中的那么特殊。特别在乎的人往往也是拒绝接受真实自我的人，在乎别人的眼光，内化他人的评判恰恰是缺乏自我认同感和价值感的表现。

把所有"在乎"的负累扛在身上，终有一天会吃不消。整天盯着你在乎的那一点点，难怪看不到内心和世界的全貌。不依不饶地用"在乎"来抽打自己，不遍体鳞伤才怪。到头来，伤害我们的不是别人，正是我们自己的"在乎"。

如果多虑和自虐让你受伤，何不和猫一起修行"不在乎"的道行？你看猫才不在乎哪里是你的私人地盘，对它们来说 Tu casa es mi casa（你的地盘就是我的地盘）。它才不会因为你给它喂食和铲屎就满足你——哪怕是一个小小的要求。研究表明，它们有着更强的捕捉、留存即时信息和信息处理的能力。它们不搭理人、不听从人的指令，不是听不懂——是不想听懂。让猫大师给你两条忠告吧：不值得、不思量。就算别人这么想，那又如何？既然不能改变，就随他去吧。

内化他人和社会的期待不仅导致抑郁，也导致狂躁。现代社会给我们下了蛊，又埋了陷阱，还为每个陷阱设置了严密的逻辑、结构、激励和惩罚机制、实施方案及管理机构。人的角色和他在这个体系中的功绩是严格绑定的，就像一个大学教师注定要在教学、教改、论文、课题、报销、职称的永动机上做一个小仓鼠一样。学生有 GPA，打工人有 KPI，体制的鞭策加自我鞭策，外部竞争加自我竞争，明知这杯药酒太猛，可有几个人敢说不喝？不仅个体过动，整个体制也处在躁狂、应激和过剩产出之中，于是才会出现很多大卫·格雷伯所说的"狗屁工作""狗屁职位"和"狗屁成果"。

和古代人相比，现代人也许并未变得更加幸福，而是更加劳累和糟心了。是图谋角色迁跃、破局和规则颠覆，还是像麦尔维尔笔下的"抄写员巴特尔比"一样"宁愿不"地摆烂呢？①做一个破局者需要勇气和资源，做巴特尔比是死路一条。两者似乎都不大可行。或许我们还是来请教猫大师，继续下一步的吸猫和修炼。

猫每天的运动量是有数的，大量的时间用来睡觉。除了食和性（家猫只有食）及一些怪异的兴趣，它们在懒洋洋的日常里基本无事可做，但它们懒得其所。当它要睡觉时，任你是小罐头还是小鱼干也不能调动它的胃口。它们对食物宁缺毋滥，对于低劣的猫粮绝不进食，不被自己的食欲所构陷。它们非常讨厌搬家，厌恶四处乱跑、大惊小怪的孩子，躲避无休止的挑逗和抚摸。也就是说，它们有减动和隔绝社交的本能。

---

① 《抄写员巴特尔比》是美国小说家麦尔维尔的一篇短篇小说。题目中的人物是华尔街一个律所的抄写员，他在枯燥、残酷的工作环境中践行了一种极端的个人主义。从一开始的勤勉认真到勉强配合，再到完全拒绝沟通、拒绝工作和拒绝进食，巴特尔比最终走向了自我毁灭。每当有人对他提出要求，他的回答永远是："我宁愿不。"

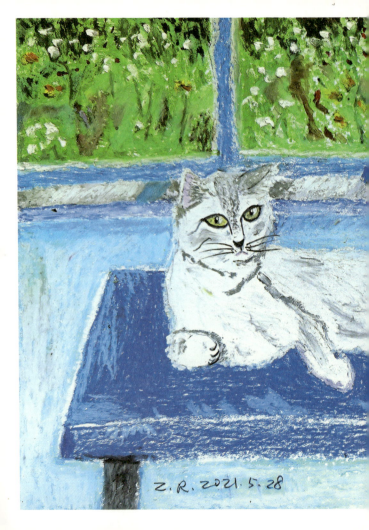
Z.R. 2021.5.28

《窗里窗外》

　　减动和减速是猫禅修的第一步。停顿和减速能舒展你的神经、松开你的发条，让大脑得到休息和充电。选择安静的角落、减少外部刺激，驱除杂念、调整呼吸，让大脑处于屏蔽和静音模式。这就接近僧人们禅定的状态了。人在冥想的时候，大脑中和情绪有关的区域就会缓慢下来，而注意力和对周围世界的感受力则会增强。神经学家们通过功能性磁共振成像（fMRIs）等测试手段，发现当ADHD患者大脑边缘结构的活跃程度降低之后，人对外界的反应和阐释反而会变得正面和积极了。因此，正能量并不来自对于正面经验的追求，而恰恰是来自一种否定性的停顿和减速。

　　设定限度是猫禅修的第二步。如果你发现自己处于一种被过度触发和激励的境地，请记住，你完全可以选择礼貌地离开，你有不起意和不尝试的权利。说不去尝试也不是放弃尝试，而是有限度地起意和有选择性尝试。抵抗那些蜂拥而至的、不由自主的欲望。过度活跃和刺激超载是精神衰竭的前兆，它将不可避免地让人陷入过度消极的情绪中。购物网站上推荐的大量的商品、手机上新的App、家电升级的新功能、餐厅的新口味、心愿单上的城市和景区、网红打卡的民宿、健身计划，以及各种职业和技能培训、各种水平测试和竞赛……人就在一种必须立刻行动的急迫感、力有不逮的焦虑感和拖延症的无力感之间被撕扯着，倦怠和枯竭在所难免。有时候，越是急迫的事情，就越是容易被大脑抵制和拖延。这是大脑的惊恐发作，是它对于外界过度刺激的应激。

曾经有一段时间，我为了写论文提着一堆书和一台手提电脑从家、图书馆再辗转到各个咖啡厅和茶社。纯写作的时间远远不够路上坐车、选择地点，寻找安静的角落、点餐、付钱，打开电脑再关上电脑加在一起所浪费的时间。一天下来，文章没写几个字，身体就已经极度疲劳，

《眼睁眼闭》

而低效所引起的负罪感和挫败感更是使精神负累不堪。身体想要逃跑，精神却将我钉在椅子上。现在想想，在每一段不由自主的旅程开始之前，我都希望获得一个意外、一个奇迹，一个能给我的论文打上一针强心剂的"特殊"的东西。一个永恒缺席的理想的写作空间，一种无论如何都要向今天要一个结果的执念。治疗这个病的方法也很简单——断、舍、离就好了。断电、离开电脑、舍弃执念，去散步、逛街、打球、打牌、看电影、聊天、撸猫和睡觉，干哪样都行，都比烦躁不安、持续伤害僵直的脊柱要好。开心了，放松了，脑子自然就开了。

所以，在"修猫"之后，你会发现将自己的生活降格为劳作是多么愚蠢，才会发现在下午的阳光里坐着，沉默、享受着一种把世间万物联系起来的慵懒和倦怠的乐趣。这种激发灵感和亲密的倦怠不同于过劳所引起的倦怠，它是积极的、健康的，而不是消耗的和压倒性的。

　　液化是我们要跟猫大师学习的高级班的内容，自然比"不在乎"和"不折腾"更难掌握。养过猫的人都知道猫是液体的。我怀疑《终结者2》中的可变形、可拉伸，在液体和固体之间变形的机器人就是以猫作为原型的。猫的缩骨术让身体能钻过比自己小很多的狭窄空间，它们从高空跌落时身体的协调能力也是多亏了柔软的身段。所谓猫有九命，其中八命可能归功于它们柔软的脊椎能在同时向不同的方向扭转，从而让它们实现空中翻正翻身，保证四脚着地。老子的"上善若水"于猫来说是一种天然的能力和修为。它们为猫的精神弹性体现在对空间的优选能力之上。我家的两只猫在冬天有地暖的时候，会趴在客厅的地上，地暖停了，就趴在客厅沙发上，到了春秋天，它们就回到阳台上的猫窝里，夏天就躺在我的竹躺椅上。只要跟着感觉走，哪里都是家和床。随遇而安是一种积极的生存之道，阳光既然不跟随你，你就跟随阳光好了，简单的猫常识而已。再看看行走中的猫，那也是一门变道、串行、蹑脚、弹跳和辗转腾挪的艺术。变数越多，路就越通畅无碍。再看看猫的相处之道，和则聚、不和则散，众乐乐，独也乐乐。不也正应了庄子的话：相濡以沫，不如相忘于江湖。

　　任何绑定的承诺、结构和模式都是幻觉，当这种幻觉给我们个人带来安全感和幸福感，给共同体带来凝聚力，这自然是有益的；但如果固化关系和信念，无法抽身和割离，允许其压迫自己和PUA别人，那就会成为一个"问题"。我一个朋友的妈妈相信"字如其人"，当初选择她爸爸的时候，只因为对方写得一手好字。谁知道，对方什么地方也不像他写的字那么隽永。等儿子上了小学，她每天必要检查作业的书写是否工整，可儿子连作业都写不完，怎么能保证每个字都写得漂亮呢？后果就是儿子在很长一段时间厌恶学习，厌恶写作业。

　　我们从"猫修"中期待获得的是逍遥和解放，一种从强直性、单向度的正面绩效里解放出来的力量。接受我们不是一个学术达人，身材会随着时间而走样，我们的创作力会下降，我们的财富不会随着时间的积累而递增，等等。无论我们如何表现，依然无法取悦所有人；不管如何努力，婚姻也可能会失败，后代也不会在同辈中出类拔萃。接受瑕疵、孤独、破裂的情感和不可逃避的厄运。因为它们不是我们的过错，也不是霉运，而是生活。我们不是要确保自己不失去，而是一边失去一边活着。

　　修炼猫术，是要从理性固化的关系和知识结构里破茧而出，让我们的身体从被规训的、自我塑造的肉体重返自然舒适的肉体，让我们的精神可以逍遥和自在。是摆脱过度活跃和烦躁不安的存在，用否定性的停顿去体味生活和滋养自己。

　　猫修的人们和猫以及生物圈的其他成员，可以考虑建立一种未来的城市和人类社群，一个关系散漫、相互尊重而平等的、积极而倦怠的社会。为了这一天的到来，现在让我们走出第一步：找一个安静和熟悉的地方，闭上眼睛，以最舒适的姿势进入冥想，全身放松，放得很松，很松，想象自己是一只猫……

02 如何　　　成为

一只猫

说到猫和人，到底谁是谁的玩物？

——蒙田

有什么能比得到喵星人的芳心还令人开怀？你看它胡子舒展、瞳孔放大，在你脚下蹭来蹭去，还躺在地上献出自己的小软肚皮。喵星人以"求宠"的身段来宠爱你，你怎能不搁下手头的破文章、破工作、破事儿毫不保留地对喵星人掏出一颗喵心？可你真的能掏出一颗轻盈而毛茸茸

《九尾灵猫》

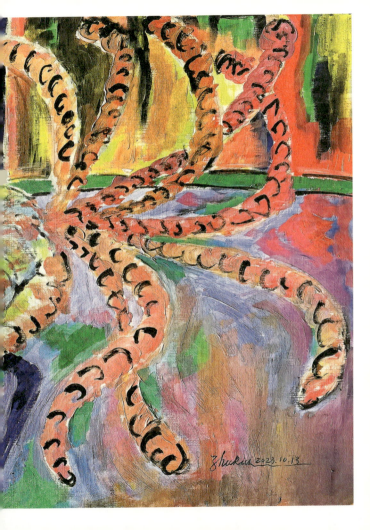

的喵心吗？康德的"物自体"概念坚决地否认了这种可能性：你不能。因为我们都是透过一个自我构建的狭窄深渊来观察世界。我们和动物亲密互动，从动物世界那里获得内部讯息的时代已经被祛魅的理性杀死了（例如，精通动物寓言的俄耳浦斯）。但是，这并不妨碍我们放下人类的身段，尝试去理解动物，理解一只猫。

要了解猫，像猫一样思和想，要从爬行、从培养肌肉记忆开始。在地板上爬，在桌上爬，在马桶上、在卫生间的大理石地面上爬，在楼梯上打滚……灵活地绕过瓶瓶罐罐的路障，在大大小小的平衡木上跳跃。任由亚麻地毯在肘部压出凹痕（这时候，你就了解了一个无毛动物的劣势），在香樟树、家养绿植和鞋盒子边缘蹭胡须和脸颊，伸出舌头舔水，无差别地对待自己的屁股和嘴巴。要理解一只猫，或者也可以从理解你自己开始——思考人是如何努力地掩盖自己的动物属性；思考人的大脑剪辑和美化生活的过程；思考当和一个刚从卫生间撒完尿回来的男人握手时，如何避免去想在那个封闭的空间里那只手的所作所为。

用猫的眼睛去观察世界，就会体察到人类的庞大、光秃和笨拙。美国浪漫主义诗人艾米莉·狄金森的诗歌《它看见一只鸟》，描绘了一只捕食的小猫。面对一只知更鸟，猫的口水滂沱，简直能给舌头洗澡。它轻笑、潜伏，嘴在"摩拳擦掌"，但是这个"美味"最后还是凌空一跃，飞走了。在猫看来，知更鸟并不是展翅高飞，而是飞速地迈开了它的"一百个脚趾头"。诗人借助猫的认知来去除语言的规定性，"去类属"和"去人类中心"的视角可谓绝妙。

要理解一只猫，你需要和猫赤裸相见。在《我所是的动物》（The Animal That Terefore I Am）中，法国哲学家德里达叙述了自己与一只家猫在浴室里的尴尬邂逅，他将这一相遇定性为"先于一切认识"的"非知"场景，这种社会性断裂和象征层面的塌陷，其冲击力大于列维纳斯（Levinas）所论及的与他者之脸的遭遇。在赤裸着面对一只猫的过程中，德里达体验到人类被动物凝视的不安。人赤裸的身体通过一种互为镜像的游戏，成为和猫一样毫无防备的"赤裸生命"。当然，所谓的赤裸相见，并不一定是露出裸体。向猫眼里的深渊回望，我们只能把最深刻的羞耻放进它对我们的阐释，而当人恢复镇定，他必然会为自己"产生羞耻感而感到羞耻"。更有甚者，对猫的凝视可能会激起我们的杀意。这也是为什么在爱伦·坡的《黑猫》里，"我"会被内心深处那种神秘难测的力量驱使，挖掉了家猫的一只眼睛，并流着泪吊死了它。

约翰·伯格曾在《看》中比较了人类的对视和人与动物的对视。人和动物之间的不可通约性是由在象征层面上的匮乏所造成的。而人与猫的对视似乎比人与其他动物的对视多出一层神秘的意思。和一只羊或者一只鸭子眼神的相遇，完全不会让我们动容和害怕。其他猫科动物，如老虎、狮子能够给我们留下印象的，也无非是它们的矫捷和凶猛。与其他动物相比，猫眼睛深处的沉默像是一个人类无法涉足的禁地，更糟糕的是，它还包含着一种对人类秘密和本色洞察如镜的傲慢，传达出仿佛可以说出人话但不屑于说的一种无礼。它们大大的瞳仁可以瞬间关闭，把你的目光挡了回去。那道竖直的窄缝可以让你更加不寒而栗。

　　猫的松果体无法接收到红色、绿色、橙色和棕色的信号，但它们能够看到人类色谱之外的颜色，从猫的眼中看世界，色彩比你认知得要更加丰富，且异常。如果你站得太远，它们可能只看到一些轮廓和色块，因为猫眼睛的变焦能力不如人类，即使你离得够近，它们也不会真的看到"你"。它们对于你作为整体的人不感兴趣，它们却对你的局部更加好奇。你的手指、你的吊坠和袜子。和婴儿一

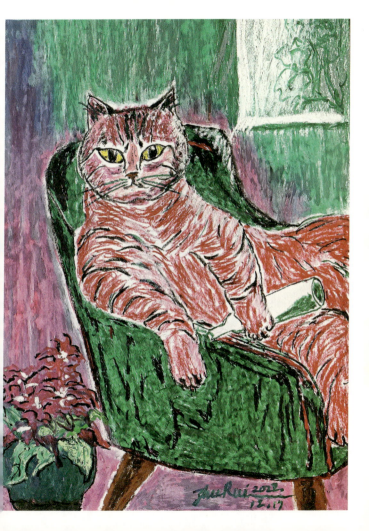

样，它们不能完成对你（作为一个人）的想象和构建。它们拒绝做一面撒谎的镜子。在猫眼里，你被分割成一小片一小片。有的部分组合在一起，但它的秩序和我们理解的不同，有的部分和沙发连在一起，有的和地板在一起。在猫那里，你还没有获得人的主体性。你被猫打回真实界的原形，与其说猫被取消了对人命名的可能性，不如说人的命名无法在猫那里获得合法承认。

我们终其一生热爱过一些人，其实不过是热爱着猫。你爱贝蒂·戴维斯不就是爱她优雅的神经质和反复无常；你爱费雯丽，不就是爱她催眠一样的绿色瞳仁；你爱安吉丽娜·朱莉不就是爱她阴沉、暗黑的气质；你爱"猫王"，不就是爱他胖乎乎的脸蛋和黏糊糊的眼神；你爱詹姆斯·迪恩，不就是爱他的高冷、歪头、耸背（你猜他肯定有性感的、带刺的舌头）；你爱麦当娜，不就是爱她媚惑的声音和凌厉的爪子；你爱"石头姐"（Emma Stone），不就是爱她那双不成比例的眼睛和满不在乎的笑容；你爱雷佳音不就是爱他圆头、呆萌和闷头吃饭的样子。

　　狗让我们更加确信自己，猫让我们更加怀疑自己。从笛卡尔普遍怀疑论的角度来说，猫是让你确信自己存在之物。猫从不试图处理矛盾，它们就是矛盾本身。狗试图成为人，成为你投射情感的欲望客体，而猫却拒绝成为我们生活方式的产物，猫让你成为猫-人。狗和我们之间相处越久，越像是一种必然的婚姻关系，而猫时刻提醒着我们，我们过去相遇的偶然性和未来关系的不可预测性。它们收受人类的一点贿赂，一些确保其在人类社会生存的筹码，多余部分一概原路退回。和猫相遇可以说是一种"奇遇"，每个人在这种纯粹生物性的相遇中获得的体验可能都不相同。这也是猫奴们乐于分享养猫经验的原因之一，别人家的猫似乎和别人家的孩子一样，是一种神奇动物。和猫的相遇让你懂得，你只是一个和猫不一样的生物，是有能力

在人类界为猫提供食物和住所的生物。

说成为一只猫，并不是说要拥有猫的身体，不是模仿猫，而是破除旧的人，成为一个"生成猫"，是一种内在介入。在美国诗人丹尼斯·莱弗托夫（Denise Levertov）的一首诗《一只作为猫的猫》中，我和猫的长长的对视导致了我们之间分野的模糊，最后生成了我—你—猫—人。"成为猫"是内在和精神器官的进化；是扣除器官的旧有属性和发现新功能，挖掘我们内在的猫性，接受自己被抛入的这个世界自行其是、如其所是；是长出六指，向着无限形态而生长。就像是惠特曼在《自我之歌》中所说的："我很大，我包罗万象。"

想要消解大卫·格雷伯说的"狗屁工作"的贻害，你需要试着成为猫。狗屁工作之所以狗屁是因为它们是理性的软牢，它们层出不穷地被制造出来不是出于必要和合理，而是有一双幕后黑手逼迫人耗费自己来满足现代社会的巨大胃口。一只猫无甚使用价值，它捉老鼠的本领也不是人类能够得心应手来操控的。猫从不刻意让自己对人类有用，它们既不是狗那样的伴侣和打手，也不是牛马鸡鸭那样的生产者兼生产资料。它们的存在本身就是价值和意义。它们在长时间睡觉之后做一些奇怪的事情，以此拒绝被人类奴役和驱使，即使接受了嗟来之食也安之若素。在赫尔曼·麦尔维尔的《抄写员巴特尔比》中，作者刻画了一个在以秒来计算收益的华尔街——宁愿选择躺平，不做任何事情的人类。在这一点上，猫和巴特尔比都是一种理性的断裂，一个凭空闯入、无法解释的吊诡之物。

要成为一只猫，你需要脱离群众路线，只和自己抱成一团。猫的遗世独立近乎高贵，近乎绝情。即使是衣衫褴褛的阿三阿四，也不是低三下四、阿谀奉承之辈。要成为猫，就要接受无道德的纯真。无道德不是不道德、无尊严，相反，猫是有尊严的物种。狗会在公开地方交配，但

《仰望》

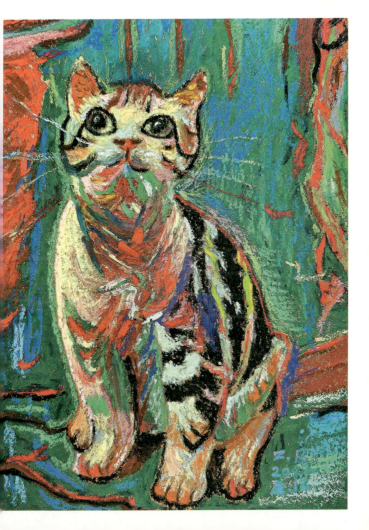

猫通常会躲起来做事。狗会随地便溺，猫则把自己的粪便掩埋起来。猫一天中要花大量的时间把皮毛梳理干净，即使是那些皮毛暗涩的野猫也很注意仪容。它们下崽的时候会躲在一个角落，临死之前也会找一个僻静之处，不会让自己暴尸于白日之下。它们这么做显然不是迫于舆论和道德压力，它们是天然的尊者。

当然，要成为一只猫，也要接受猫对于秩序的破坏。它们在桌子上行走，在你的杯子里喝水；打碎花瓶，抓破沙发、地毯、墙纸；在家养绿植里撒尿，把花从土里拽出来；把客厅闹钟后面的旋钮拔下来，藏在卧室的地毯下面。当你大声呵斥，它们表现得一脸无辜，这是因为它们不会把你的呵斥和它们的行为画上等号。这不是顽劣，而是因为猫生来就是独居动物，它们只需要解读来自其他动物的危险，而不需要解读其他动物的语言和意图。它们的头脑中没有资本主义的律法和私有制的概念。对猫来说，沙发和地毯是用来抓挠的，地方是用来占据的，唯一须遵守的原则是先来先得。愤怒和规训行为只能使得你在猫的眼中像一个危险的、毫无理性的大猩猩。唯一的解决方法是你做出改变，比如把沙发套上套子，在屋子的各个角落多放上几张猫抓板，或者，减少猫在房间里自由活动可能撞上的障碍物。

　　要成为猫就要永远爱自己。猫选择打盹的地方绝对是整个房子里最舒服的地方，冬天是阳光最充足的地方，夏天是最凉快的地方。爱自己，就不去强迫自己前后一致、画地为牢和盲忠愚孝；要成为猫，就要避开无效的社交，理所当然地把时间用来睡觉、梳理毛发、闲逛和释放欲望。要成为猫，是放弃猫主人的主体，放低姿态，放弃评判和教化，接受破碎和脆弱，在共享的环境中、放松的状态下，形成让彼此舒适的关系（距离）。成为猫就是成为当下之物，与其在概念层面区分人和动物的"灵魂"，何不把命名性语言暂放在一边，在无名中立足、在沉默中现身？即使象征的人设崩塌，风度和骄傲也俱不受损。人与猫相遇后，人不再是人，而是猫-人。

即使在生理上，猫和人之间也没有巨大的鸿沟。"人之所以为人"的那部分染色体只占据了所有基因组的百分之十。人类和猫的基因组各有大约2万个蛋白质编码基因，其中近1.6万个几乎是相同的。这是因为人和猫有着共同的哺乳动物祖先，大约6500万年前，所有的猫和人类都来自这个祖先。莱斯利·莱昂斯（Leslie Lyons），密苏里大学兽医与外科学系的副教授说："狗或老鼠的基因组重新排序后，与人类完全不同，但家猫的基因大小与人类差不多，而且基因组和人类一样，是非常有序的。"[1]猫和人类的基因在染色体上的

---

① 参见《猫类动物基因组中的"暗物质"可能有助于揭示人类疾病》，密苏里大学官方网站，"Show Me Mizzou"。

间隔，以及暗物质的组织形式也很相似。

　　因此，成为猫－人就是恢复自然人，脱离机器人。麦尔维尔笔下的巴特尔比，早已是一台人肉复印机。《摩登时代》里，卓别林演活了技术操控的傀儡。肉体被资本和文化造就成了一种肉体武器和肉体机器。肉体完全成为一种外在于人本性的东西，特别是在日渐内卷的当下，人的一举一动都成为生产有效性的一部分，绝不允许有脱离使用价值的肉体存在。

　　我们对猫——这个人类的"狱友"所知甚少，虽然它和你同处一个囚室，但总能神秘地消失一会儿再回来。我们渴望从它们身上窥探外面的世界，它们却总是三缄其口。天啊，我们何尝不想成为一只肖申克猫呢？

03

女人是　　　一只温润的
小猫

　　猫在你认为它还是个婴儿的时候就开始发情和怀孕了，母猫发情更早一些。这没什么好奇怪的，一切都是自然发生的。动物的性行为本来无可厚非，但是猫与人距离之近，它们情欲之旺盛、生育之频繁、叫声之恣意和凄厉，足以破坏单身狗和无性伴侣的睡眠。这些不加克制的激情造成了人类居住的领地里野猫数量增殖——对此人们还是颇有微词的，一些地方甚至会采取极端措施来控制猫的数量。

　　刚开春，母猫发情的叫声像是饿极了的婴儿。我刚刚搬到南京的时候，每晚听到婴儿啼哭，不免心里嘀咕：年轻父母就是不晓得怎么带孩子！后来才搞清楚原来那"夜哭郎"是野猫。东北冬天气候寒冷，不适合野猫生存，因此我不熟悉野猫发情是个什么情况。还有一种声音也是搬到南方之后才听到的，就是聒噪的蝉鸣。立夏之后，野猫的声音更加烦躁和急迫。到了秋天，则像是绝望的哀嚎了。

　　母猫发情后除了会发出求爱的叫声，还会在地上打滚，两只后腿尽可能地蹲下、撑开，屁股翘得老高，做出各种姿态的邀请。这时候它会特别黏人，不停地用头蹭你的脚和裤腿，无时无刻不索要你的关注和爱抚。这时它会比平时更多地舔自己的器官，那里肿胀着，有晶莹的体液溢出。公猫在求偶的时候会四处撒尿，一只母猫每隔两三周就会进入发情期，直到怀孕为止。

《抱猫者》

　　一只猫一生可以产下上百只小猫，但这不意味着它就是无私有爱的英雄母亲。其实猫的母性很不稳定，多丽丝·莱辛在《特别的猫》中发现如果一只猫一胎只产下两只小猫，那它就可宝贝自己的孩子了。如果产下六只后被偷偷抱走两只，它好像也没大所谓。猫母性的发挥受到自己能力的限制。此外，莱辛还记载了家里的母猫因为生产困难和痛苦会咬死每一窝里第一个出生的小猫。大体的情况似乎是它的生产并非自愿，而是大自然强加给它情欲的副产品。动物无法将性的快乐和繁衍的需要分离，这一点比不上人类。人类有种种办法可以增加性致或者自爱自慰，也有各种本事可以在无性状态下怀孕。我觉得，这样发展下去生育和性行为完全不同步的未来也指日可待。当然，有些人类非要把不以生育为目的的性行为视为非法、不以结婚作为性的合法护照视为耍流氓，把终止怀孕视为罪恶，对此我也无话可说。道德洁癖患者既可恨又可怜，他们不仅是和自然拧巴，估计也和自己拧巴。说一句题外话，在21世纪20年代的今天，在世界某些地方，甚至是在作为所谓自由标杆的西方，道德保守主义和宗教极端主义居然死灰复燃，且还得到地方法律和舆论的支持，也是有些匪夷所思。

　　我一个朋友曾说不想太早给她家的猫娃子做绝育，原因是想让它体验完整的猫生（这一点是从她对"完整的人生"的理解推演出来的）。但在猫发情的时候她又表现得很震惊，甚至替它们害臊。可它们是猫啊，它们做它们想做的。它们可以接受（不得不接受）我们和它们一起生活，并不等于它们就签下协议接受人类的行为方式和道德准则。情欲本来就是无法解释，也无法化约为理性的东西。

　　猫的床第之欢的代价是惨重的。公猫在交配的时候会死死咬住母猫的脖子，用带刺的生殖器来锁配母猫，如果说这个痛苦还是酸爽而甜蜜的虐恋，那随后的受孕和生产可谓是母猫的劫难。如果你在路上发现一只眼神贪婪凶狠、毛色黯淡斑驳、乳头肿胀、行动鬼祟的母猫，那它肯定刚刚生产完不久。公猫母猫合伙干的一桩"罪行"，却要母猫独自承担后果。怀孕、生产、哺乳极大地消耗着母猫的身体，一副"猫不猫、鬼不鬼"的样子。可一旦又到了发情期，母猫们立刻好了伤疤忘了疼，又如狼似虎地需要一个男猫了。

为什么没有猫用的避孕药？避孕套不大可行，但是避孕药没问题啊，不需要专门研发，也不会特别费事，悄悄地在猫粮和猫罐头里藏点私货应该不成问题。为什么一定要给家猫阉割？难道我们对猫承诺终生的"一揽子"协议里，其中没有让它们享受性爱这一项吗？难道只能在生育之苦和阉割之苦之间选择一种吗？说到底，人类还是无暇顾及那么多"奢侈的猫道"。

　　女人和猫想撇清干系也难。不仅仅是因为猫是女人的心头爱，更是因为猫（即使是公猫）身上体现着所谓的"女性特质"。它们纤细的身影往往在夜间徘徊，它们的轮廓常会被勾勒在月光下的屋檐之上，它们爱清洗、爱梳理自己的毛发。它们傲娇、乖巧、优雅、轻盈、柔软、灵活善变、喜怒无常、挑食、娇羞、胆怯、善用心机、谄媚、冷漠、阴郁、狡猾、娇嗔、嫉妒、记仇、慵懒、刁蛮野性、忘恩负义、缱绻依人、蹑手蹑脚和莺莺嗲嗲，举手投足间无不透着粉黛之美和红颜之过。在英语中，女人之间的斗争被称为"猫打架"（pussy fight），女人的私处被称为小猫（pussy）。用像个"pussy"（娘们）来形容男性是伤害性不大、侮辱性极强的一句话。法语中的"chatte"也暗示着女性的性器官。特朗普早年录像里的一句"伸手去抓她的小猫"在大选前夕被爆料，成

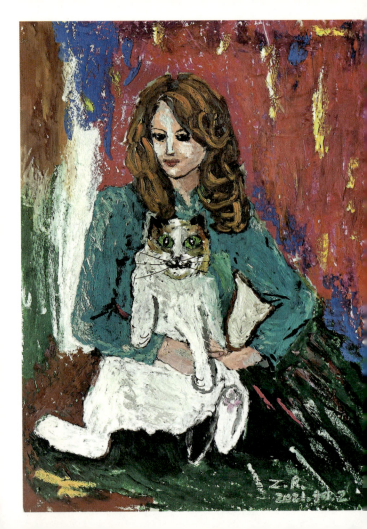

为被选民诟病的一个污点。[1]中国古代也有把猫看成待嫁少女一说，向人讨猫还得给猫主人下聘礼，如娶妻一般。北宋诗人黄庭坚要猫送的聘礼是鱼干，陆游给的聘礼是盐，潮州一带也有给糖的。古文里的狸奴、衔蝉等猫的别称都是女性化的雅名，和罗敷、婵娟、红袖、青蛾这些指代女子的名字好有一比。中国有句古话："好男不养猫，好女不养狗。"相传在很久之前，人们都习惯裸睡，在睡梦中男子的隐私部位被猫咪误以为是老鼠而受了伤的事情时有发生。不过，我怀疑这是

---

[1] 在 2016 年第二轮美国大选辩论的前几天，《华盛顿邮报》披露了 2005 年特朗普参观美国 NBC 电视台制播的一部日间肥皂剧《我们的日子》（*Days of Our Lives*）的片场，并在节目中客串比利·布什（Billy Bush，当时美国全国广播公司《今日秀》的主持人）的这段讲话视频，但不清楚他们是在谈论谁。

个托词。一旦老话里有关于好男好女的劝诫，大体和性是有关的。猫在发情时候的荷尔蒙味道和它的种种姿态怕更让人想到蛊惑男性的妖媚邪术。

在西方，猫的历史可谓是一部浩瀚的文明史。这是狗的历史、熊的历史或者鸟的历史所汗颜的。猫科动物在人类历史上的起伏跌宕，也总是伴随着女性被神化、被妖魔化和被物化的进程。古希腊罗马时代，月神与狩猎女神阿耳忒弥斯曾把自己变成猫来躲避一个有着数百条蛇形手臂的可怕巨人。古埃及有众多的猫女神，最知名的是猫首人身的贝斯特——她象征着月亮的力量、女性丰腴的性能力和大地的丰收。

中世纪对于猫来说是比地狱还黑的黑暗时代。被异教捧上神坛成了猫的原罪之一，基督教把猫视为魔鬼和女巫的化身，在学界和坊间也存在着各种对猫来说致命性的知识和传说。而这些知识和信念成为对猫施以酷刑的正当理由。希伯来传说①里的吸血鬼，亚当的妻子莉莉丝会化身黑猫来吸食新生婴儿的故事给后来黑猫的灭绝埋下了伏笔。

公元1230年，猫遭遇了最悲催的命运。这一年，教宗格列高利九世（Pope Gregorg Ⅸ）写了一封信《罗马之声》（*Vox in Rama*），宣布猫，尤其是黑猫，为撒旦和路西法派异端的工具，并号召中世纪的欧洲民众进行猫族清洗。随后，关于猫的邪恶本性的谣言和故事越来越多。1607年，博物学家爱德华·托普塞尔（Edward Topsell）在《四足动物、蛇类及昆虫志》（*The History of Four-Footed Beasts and Serpents*）中写道："女巫的仆人通常以猫的形式

---

① 在希伯来传说中，亚当的第一任妻子不是夏娃，而是莉莉丝。在海因·维塔尔（Hayyim Vital，犹太教重要的卡巴拉学者）的著作中，莉莉丝有时化身为猫，有时是鹅。可参见"犹太虚拟图书馆"（Jewish Virtual Library）的网页"Lilith"。

出现，这种动物对灵魂和身体都很危险。"1631年，宗教裁判官亨利克·克雷默（Heinrich Kramer）与雅各布·司布伦格（Jacob Sprenger）炮制了《女巫之槌》（*Malleus Maleficarum*），详细记载了女巫的罪行，提出了诛杀女巫的方法。在手册里，作者宣称，猫与女巫是一伙的。女巫可以变成猫，猫也可以变成女巫。民间还有说法称女巫们有三个乳头，第三只乳头是特别为了哺乳她们的猫而长出来的。16世纪，英国著名女巫伊丽莎白·弗朗西斯在接受审判的时候，承认用家畜和自己的血喂养了一只名为撒叁（暗指撒旦）的猫。这只猫全程参与了她的邪恶行为。当然，这个翔实的供述也让女巫最终免于火刑。这下，猫作为撒旦帮凶的传言被实锤了。有一点很令人不解和气恼，女巫有很多助手，蟾蜍、蜥蜴、狗和老鼠，但猫却被人们指认为女巫最可怕的盟友。

持续了几个世纪的屠猫运动成为一场残酷的狂欢。人

《晚安》

们折磨猫的方式五花八门，包括焚烧、水溺，把猫从塔上扔下来，把火箭绑在猫的背上，将猫扔进桶里殴打，等等。除了它们无法驯化的属性和食肉动物的本能，猫的性欲和生殖力也让基督教教会大为光火，生怕这些行走的力比多（libido）成为蛊惑人类的欲望导体。像雨果笔下那个粗野、性感、放荡的吉卜赛姑娘一样，猫成为宗教禁欲主义的替罪羊。与此同时，在欧洲，从1500到1660年，有9万多名妇女被当作女巫而处以火刑。现在看来，这些女巫不过是比同时代的女人更聪明、更干净（善于使用扫帚）和更会持家（养猫来除害）。

欧洲的启蒙运动和现代主义的祛魅将人的意志置于神的意志之上。人本主义给予人王者地位的同时，也降服和伤害了自然，这个议题很大，此处不做深入探索。但，可以确定的是，人本主义意外地拯救了猫。猫虽然永远地失去了女神的光辉，但它们又可以懒洋洋地在街上闲荡而不显得那么凶险和邪恶了，甚至以萌宠形象重新投入人的怀抱。这不仅是理性的回归，也印证了人类自信心的增强。

　　"邪恶"终于从"猫性"里被删除，女巫的"巫"字被科学所涂改，但是猫性里的"女"字却执拗地在文化中被保留下来。看来，性别认知的改变远远比政治变局、社会变革、科学进步和文化改革来得缓慢和艰难。波德莱尔的《恶之花》中的罪恶巴黎，如果缺少了那只充满色情暗示的猫娇娃，就逊色了一半。

Le Chat

Viens, mon beau chat,

sur mon coeur amoureux;

Retiens les griffes de ta patte,

Et laisse-moi plonger dans tes beaux yeux,

《猫守财》

Mêlés de métal et d'agate.

Lorsque mes doigts caressent à loisir

Ta tête et ton dos élastique,

Et que ma main s'enivre du plaisir

De palper ton corps électrique,

Je vois ma femme en esprit.

Son regard, Comme le tien, aimable bête

Profond et froid, coupe et fend comme un dard,

Et, des pieds jusques à la tête,

Un air subtil, un dangereux parfum

Nagent autour de son corps brun.

猫，来吧，绝美的猫

到我多情的心里来；

收起你锋利的爪子，

让我凝视你那金属和玛瑙的美瞳。

当我的手指悠闲地拂过

你的头和弹性十足的背部

我的手触摸着你的肉体，

陶醉于触电般痛的欢愉，

在冥冥中，我看见我的爱人。

她的目光，如你一样，你这可人的猫

深邃而冰冷，带着如刀如刺的锋芒劈断，

从头到脚，

她那深色的身体，周身弥漫着

幽淡的气息和危险的芬芳。①

诗人面对这样一只尤物，正如面对他喜欢又望而生畏、难以捉摸的女人一般，怀着对其肉体的渴望，却又求之不得。T.S.艾略特在《普鲁弗洛克的情歌》中让"秃头情圣"普鲁弗洛克到地狱旅游了一圈（题记中对但丁的引用，以及不断下沉的运动都似乎在暗示这一可怕的境遇）。那里有不具姓名的、胳膊毛茸茸的上流社会女性，她们不停地进进出出（仿佛有某种特殊的通行证出入地狱）、矫情做作地谈着米开朗基罗。正当他犹疑不定，想要溜之大吉时，普鲁弗洛克偶然望向窗外，看见

黄色的雾在窗玻璃上擦着它的背，

---

① 法文为原文，中文为本书著者翻译。

　　黄色的烟在窗玻璃上擦着它的嘴，

　　这里，艾略特赋予了烟和雾以猫性。读者仿佛看见两只黄色的小猫，一只在窗户上擦着背，一只在窗户上擦着嘴。在随之而来的诗行里，诗人延续了猫的意象，黄色的烟雾将它的舌头舔进傍晚的角落，它们狡黠跳脱，倏忽即逝；既温柔可人，又拒人千里之外。它们仿佛和女人们一起在嘲笑着他日益减少的发量、他细瘦的胳膊和怯懦的举止。

　　还有午后，黄昏，睡得那么安静！
　　长长的手指轻抚着，
　　困了……倦了……或者装病
　　张开身体躺在地板上，就在你我身旁

在艾略特笔下，那些沉睡的下午和傍晚像是慵懒的猫，在地板上舒展着四肢和身体，被纤长的手指抚摸。猫的具象形态嫁接到了抽象的时间概念上。有意思的是，猫的意象始终没有具象地出现，它们是通过烟雾和下午等客观对应物而得以在场的。不见其猫，却得其猫性，而猫性又作为客观对应物来影射女性。设计这个双重的间离效果，也是非艾略特莫属了。此外，诗歌中还使用了"牡蛎壳"和"水坑"来隐喻女性的生殖器，更加强化了女性的属下（subaltern）特质。

从女性视角来批评艾略特这个现代主义的代名词，可能会被误以为是西方"取消文化"的产物。很多人担心会走过头，辉煌的西方文明会因此遭受运动式的迫害。曾有传言，由于女权主义者的请愿，艾略特、弥尔顿和莎士比亚等大咖在英美大学里被下课。事实并非如此。哈佛大学除了在"现当代英语诗歌"这门课中收入艾略特之外，还开设了专门的"艾略特研究"课程。耶鲁大学的艾略特国际夏校可谓久负盛名，2022年的研讨班刚结束不久，教授和学生们在这里用一个多月的时间研讨艾略特的诗歌、小说、文论和戏剧。针对媒体和网络的传言，2017年12月15日的《华盛顿邮报》特意刊发了一篇文章《别担心，耶鲁大学仍然教授莎士比亚》来告知公众，以正视听。不过，浏览耶鲁大学的课程，可以发现课程设置上的变化：近年来确实增加了不少有关族裔、女性和"酷儿"（Queer）文学研究的课程。这也印证了艾略特的观点，文学传统是流动的和弹性的。它不断伸出触角来吸收新的经典，重新界定自身。既然"艾略特们"都还安然无恙，我也松了口气。文学批评，不批评怎么行？

美国剧作家田纳西·威廉斯戏剧中的女性和猫却并不是互为隐喻那么简单，而是旁逸斜出了更多的隐情。在《欲望号街车》和《热铁皮屋顶上的猫》中，女主白兰奇和玛姬都在美中透着古怪、在纯洁中掺杂着不检点，既优雅又神经，被欲望所驱使而误入歧途。相比白兰奇，玛姬更聪明、更善用心机和冷酷无情。两位女主的另一个共同之处——她们都卷入一场有着难言之隐的婚姻。白兰奇的丈夫始终没有现身，而是活在回忆之中。通过白兰奇的只言片语，观众隐约知道他是一个温柔、孱弱和神经紧张的人，而这也正是白兰奇自己的写照。或者说，白兰奇和她的丈夫一样，都是客居在自己性别和婚姻里的人。她不断强化自己的女性外表，实为心虚的表现。剧中，史坦利认为白兰奇是冒牌淑女也不无道理。因此，可以说作者本就是借壳讲述一个同性之间的故事。在《热铁皮屋顶上的猫》中，这种暗示更加明显。布力克对妻子玛姬的性冷淡和性无能并不是出于惩罚和忏悔，而是力比多的驱力指向了一个无法实现的对象。

猫从未在舞台上出现，却始终活跃在观众的头脑中。

在《欲望号街车》中猫的抓挠声效增加了气氛的不安，显化了压抑的性欲。第七场，史坦利对妻子斯泰拉说：我摸到了白兰奇的秘密。猫钻出了袋子，直接把白兰奇和猫联系起来。在《热铁皮屋顶上的猫》中，玛姬更是坦白地称自己就像是热铁皮屋顶上的猫。除了暗示性躁动之外，热铁皮屋顶上的猫必须服从自己的本能，放下双脚以保持平衡，即使每一步都会带来剧痛。和这倒霉的猫一样，剧中的每个人物不也是在本能和生存之间挣扎吗？猫在威廉姆斯的眼里是雌雄同体的动物，这一点和艾略特、波德莱尔不同，而这个不同正是出于众所周知的原因。

中国传统小说和戏曲中，猫几乎消失了。《水浒传》里的好汉都是有一个动物别号：白日鼠、九纹龙、出洞蛟、翻江蜃、玉麒麟、扑天雕、两头蛇、双尾蝎、通臂猿、九尾龟、鼓上蚤、金毛犬、火眼狻猊……"猫科"好汉有"豹子头"林冲和"矮脚虎"王英。此外，还有插翅虎、锦毛虎、跳涧虎、花项虎、中箭虎、病大虫、金眼彪、笑面虎、青眼虎、母大虫等等，但独独没有猫。连蛇、跳蚤和狗都有，就是没有猫。奇怪吗？我觉得一点也不奇怪。

04

有猫的　　城市
是性感的

　　让我们跟随花花的脚步，重新认识一下你熟悉的城市。那是卡尔维诺笔下看不见的城市，是一条条线、一缕缕气味联系成的、充满惊险的灰色网络。夜晚降临，花花启动它天线胡须、雷达鼻子和顺风耳开始上路了。它看起来漫无目的，旅程是围绕家、游乐园和狩猎场的不规则的环形路线，而它的觅食则是见机行事，最容易、最便捷得到的任何食物都可作为晚餐：好心人留下的猫粮，鸽子、老鼠、壁虎、青蛙、蝙蝠，甚至树叶。

猫的鼻子，作为气味感受器和其他动物相比没什么异常，但猫的嘴顶也有第二个"鼻子"，被称为犁鼻器官。它的嗅觉灵敏度比人类高40倍。这使得它们能够探测和区分多种气味，接收常规气味感受器所无法检测到的信息素信号。这些信息素对社会生存、交配和领地占领都很重要。

花花很快走在两个居民区之间的空地上，这是一个自由区。它在"之"字形的路线上嗅闻自己之前圈定的领土，也在监视和调查其他猫的越界行为。花花知道这个区域有其他的猫，它并不排斥它们，但会主动避让。它迅速地竖起耳朵，灌木丛中的树叶上的沙沙声可能暴露了鸟儿的栖息地，声音细小到人类无法察觉，猫的锥形耳朵就像卫星天线，帮助它们听到更广泛的频率。

它躲开大路上的车辆和夜间跑步的脚，迈着猫步走向城市的一座小花园。在横穿一条繁忙的马路的时候，它用脚上的肉垫来感知车辆的远近和方向。刚下过雨，草地湿漉漉的。花花灵巧地避开水洼和石子，尽可能走在平坦和干爽的地面，或者院墙、屋顶、石墩和被砍伐的圆木等高处之上。这些高地也会让它掌控更大的视野。

　　它在花园的水泥地砖缝隙里发现了一只正在赶路的甲虫，它停下脚，把尖尖的爪子伸进去，把甲虫翻了个个儿，还用嘴把甲虫抛到了空中，但它并没有吃掉它的意思。在左边，一个园丁遗留的梯子引起了花花的注意。这是个新闯入它领地的异物，通常花花都会绕着新物件转悠，用鼻子和胡须来判断这个东西是否无害和有趣。很快，花花又被正在以超声波交流的啮齿类动物所吸引，它的两只耳朵在快速地转动，分别在收听不同的频道，甚至转了一百八十度来辨别这声音的来源处。花园里早樱开得正绚烂，但白天的一切对于花花来说都是五十度灰和蓝。而且，猫还是近视眼，它们的视线可以很好地聚焦近处的

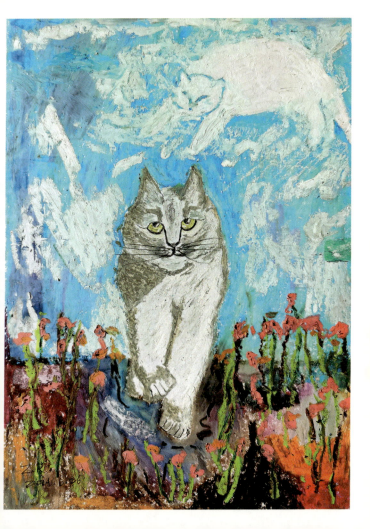

物体，但遥远的物体却看不清楚。在夜里，猫能看到我们人类无法探测到的紫外线，这也解释了为什么它们大多是在夜间捕猎。

花花继续向前走，在钻过一个排水渠之后，它停在了一丛野豌豆的面前，还没到开花的时候，但叶子已经很茂盛了。花花在树叶上蹭了蹭脸，它更喜欢树叶的背面，上面的气孔比正面的要多，那里冒出来的气泡在这个傍晚显得更加醉猫。一般来说，猫是肉食动物，对植物没什么兴趣。但这种细长叶子的植物，也有可能会激起它的好奇和啃食的欲望。植物叶子可以让猫呕吐，吐出胃里积累的毛发。

这次短途旅行是花花无数次更新自己臭迹的旅行之一。通过它头上、脸颊和爪子上的气味腺，花花到处散播着自己的信息素，在路过的石头上、栅栏上来划定自己的领地。同时，它也会辨认出其他猫和动物的气味。花花进入其他猫的领地逡巡了一会儿，又在无人认领的地带徘徊了一刻钟，犹豫着是否要扩大自己的地盘。但，这需要从长计议。这时，一只狗跑了过来，向花花摇着尾巴，也许它只是想要和花花玩耍，但是狗的磁场和身体语言却带来巨大的压力，因为摇尾巴在猫语中意味着挑衅。花花弓起后背，毛发都炸了起来，在经过迅速的力量判断之后，花花决定避免正面的对峙，转身跑向花园的深处。在那里有一个白色的雕像，那是一个举起胳膊的希腊美女。但显然，花花对雕像底座更感兴趣，中意它多棱凸起的质地，它绕着底座的边缘舒服地蹭了一圈之后，还在地上打了几个滚。在距离出来两个小时之后，花花决定结束入夜的探险，回到平时栖息的车库，因为它的内耳感觉到空气开始稠密起来，一场大雨正在途中。

我们和猫其实并不是生活在同一个城市的。爱沙尼亚动物学家维克斯库尔（Jacob von Uexküll）说过，每个生物都有自己的"客观世界"（Umwelt）。每一种生物都以独特的方式体察和经历着同一个世界，它们构成了无数个平行而交叠的世界。尽管人类世界可能最大、最高端，但是人类仍然不能脱离自我的局限和设定，进入其他世界，也不能获得一个真实的、独立于主观感知的客观世界的全貌（人都不能认识自我，遑论其他）。

据统计，今天在全世界各地大约有四亿只野猫和三亿五千万只家猫。美国有七千四百万只猫，中国有五千三百万只，巴西有两千二百万只，英国有一千二百万只，印度有五百五十万只。法国有将近一千五百万只，德国有一千五百万只，俄罗斯有两千三百万只。①除了居家的宠物猫，其余的野猫在公园、操场、地下车库、乡野和

---

① 这个数据是"世界人口评论"（World Population Review）网站一篇文章《2024 各国猫的数量》（"Cat Population by Country 2024"）所给出的数据。

田间游荡。城市里野猫群体的大小差别很大，从两只猫到十五只猫。一个家庭范围或领土的大小可达6平方公里。在中国，狗的数量稍少于猫的数量，为五千万多一点。在城市里，现在基本看不到野狗，只有一些人迹罕至的废弃工厂、烂尾的住宅区、城乡接合部和城中村等地可见三五只结帮而居的野狗。野狗不像野猫看起来人畜无害，混迹在大学校园和居民区附近的野狗通常会被保安悄悄地处理掉，或者被诱捕卖给狗肉市场。猫幸免于餐桌是因为人们根本不觉得那是可以吃的一种肉类（除非是假冒其他的肉）。

　　讨论猫和城市的关系，首先要思考的问题——城市到底是什么，好的城市又意味着什么？从柏拉图、亚里士多德、托马斯·莫尔、康德和阿伦特的论述中可以得出，正义、和谐、个人选择自由、安全和物质保障、公共空间和多样性都是判断一个城市好坏的参数。柏拉图所谓的理想

城邦在于城市的和谐和正义，但柏拉图的理想居民显然没有把女性和动物纳入其中。理想国里所谓的正义也只能是部分正义。托马斯·莫尔虽然倡导一个取消特权和私有制的城邦，但是他所意图建立的仍然是人类享有特权的乌托邦。把城市看作一个包含多物种的生态圈，将动物划归城市户口的观念直到20世纪中期才开始出现。在这样的理论视野下，一个好城市的定义就扩展成为包含了非人类成员在内的城市生物圈的富足、安全、和谐和正义。城市的可持续性、物种的多样性、城市的动物友好度都将成为"文明城市"评比的标准。

德国生物学家赫伯特·苏科普（Herbert Sukopp），城市生态学之父，在20世纪70年代重点研究了西柏林的微观气候和物种分布，他主张将绿地和其他生态系统的元素纳入城市规划的考量当中。出生于奥地利的美国物理学家弗利托夫·卡普拉（Fritjof Capra）1996年的著作

《生命之网：一种新的科学理解》（*The Web of Life : A New Understanding of Living Systems*）提出了一个概念，即所有的社会结构，包括城市，都可以被视为复杂和动态的生态系统。卡普拉认为，生命系统并不是孤立的实体，而是相互连接和相互依存的，形成了一个生命之网。在城市的背景下，他认为城市生态系统由相互作用、相互影响的人类和非人类组成。这些组成部分包括建筑物、基础设施、自然空间、人类和其他生物。

动物成为主权者和居民的概念，还要从德里达的《野兽与主权者》（*The Beast and the Sovereign*）说起。之后，澳大利亚道德哲学家彼得·辛格（Peter Singer）在《动物解放》（*Animal Liberation*）以及加拿大哲学家苏·唐纳森（Sue Donaldson）和维尔·金里卡（Will Kymlica）的《动物社群：政治性的动物权利论》（*Zoopolis: A Political Theory of Animal Rights*）等论著中都把动物问题置于一个政治和伦理的框架中，把动物们与国家主权、领土、殖民、移民和公民身份等相关政治制度联系起来。动物不再"只是动物而已"，而是公民，是自决社群的主权者。

　　经过了几个世纪的哲学思考，人类终于"看到"了城市，"看到"了作为生态圈的城市，以及在城市中平行着的其他客观世界。城市居民绝不仅仅是人类，天空飞的、地下跑的和树林里藏身的都是城市的一员。想想我们脚下的这片土地，在50年前还是农田、森林、荒地和沼泽。这里的原住民本来是鸟、昆虫、獾、狐狸、猴子、狼、黄鼠狼、猞猁、松鼠、鹿和野猪。当这些原住民被迫远离市区之后，猫、狗、老鼠、松鼠等填补了这些动物的生态位，成为人类社会和原始生态圈重叠和缓冲的那个部分。没有这些居民，我们的城市和水泥丛林无异。纽约的地铁站就曾有一张公益海报，上面是一个浣熊家庭，写着：纽约客从来都不只是我们自己。

　　城市化进程使得一些动物灭绝，让另一些撤离到人迹罕至的地方。但仍然有一些动物并没有走得太远，它们就混迹在人类肉眼看不到的地方，甚至在人口密集的城市，今天仍然有新物种诞生。似乎，人类社会每一次遭遇毁灭性打击的时候，动物居民就会意外地获得收复领地的机会。流行病肆虐期间，在特拉维夫雅孔公园现身的胡狼，在东伦敦大街上闲逛的鹿，在威尔士公园里使用游戏设施玩耍的小羊，在阿根廷的居民区出现的海豹，等等，都让人们意识到动物的坚韧和弹性。叙利亚战争中，最后一个反对军控制的哈马省卡夫尔·纳布达镇现在是猫比人多的地方。更不用说，乌克兰的切尔诺贝利——那里可谓人的地狱，动物的天堂。

　　自350万年前从大型猫科动物进化成小型的动物，人类和猫共处一室也已经有上万年（考古发现，最早的家养猫出现在一万年前的塞浦路斯）。可以说，猫是智人殖民

《猫眼冷观》

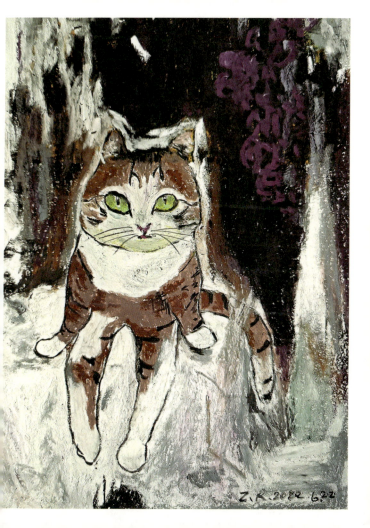

地球之后最成功的动物物种。它们以一种最不失尊严的姿态混迹于城市、乡村和家庭，安心地享用人类创造的物质文明和精神文明。除了成为人类的帮手和疯狂信仰的替罪羊之外，这个无害和无足轻重的动物也是人类社会命运和人类社会的见证者、参与者和制衡者。当年清教徒的"五月花号"①到达现在的美国马萨诸塞州普罗温斯顿的时候，除了朝圣者之外，还有一个猫妈妈和它的几个孩子。地震废墟中被救援的幸存猫和跟随主人逃离战火的难民猫，总会在新闻照片中格外抓住人们的眼球和同情心。

　　城市养猫人口的增加是文明和进步的标志，它意味着中产阶级的扩张。人都吃不饱的时候，猫的数量一定也不会多。但即使在中产阶级占大多数的现代都市，家庭是否

①1620 年 9 月 16 日，英国的"五月花号"（**Mayflower**）启航前往北美洲，经历了 10 周的艰苦海上航行，"五月花号"于 1620 年 11 月 21 日抵达北美大陆。船上搭载了约 102 名乘客和 30 名船员，还有一些猫狗和家禽。

要养猫狗这样的宠物，应不应该在小区里投喂野猫这两个问题仍然可以把城市人口分成对立的两个部落。赞同者自然是有一箩筐的理由，反对者也振振有词：猫繁殖迅速、叫声扰民、排泄物和猫毛污染环境，同时还传播疾病。猫捕杀鸟类，造成新的生态失衡。还有一些理由听上去比较滑稽和匪夷所思，比如世界上有那么多人还在挨饿，你却花大把的钱来养宠物；对猫比对父母都孝顺，岂不是有悖家庭伦理？这些人的逻辑非黑即白，他们预设的前提是爱心有一个限定的量，只能节约使用。当然，还有人不喜欢猫是因为患有毛皮恐惧症，病因大多在于基因和不愉快的经历，医生的建议是暴露疗法[1]。

---

[1] 暴露疗法，见《心理时报》（*Psych Times*）网站上"毛皮恐惧症"这个词条，建议疗法包括暴露疗法（exposure therapy）和辩证行为疗法（dialectical behavior therapy）等。

据我观察，小区里最不喜欢野猫的人通常有一些共同的特征，就是对秩序有着近乎病态的需求。我亲眼见过一个邻居，在上车之前，会把鼻子贴在车头上去闻骚味，如果他判定那是野猫的尿，就马上会发出一阵激烈的咒骂。但是去年夏天，我们小区里一个文了满胳膊鱼鳖虾蟹的壮汉刷新了我的认知，他跑到物业办公室要求尽快处理小区里的野猫，声称如果不处理他就不能正常生活云云。

使得一部分居民和城市管理者对猫存有敌意，首要的原因是它们繁殖得太快。但是，经过这么多年，小区里的野猫群体已经拥挤不堪了吗？ 并没有。野猫幼崽的成活率很低，能挺过第一年而不夭折的只有不到一半，成年野猫的平均寿命也不超过三年。我曾经在南京秦淮区废弃的考棚小学工作过短暂的时间。那时的校园里，两只母猫生下了两窝幼崽，一共有十几只。一个夏天，成活下来的只有一只。两个猫群的三代猫加起来一共也不超过十只。而且猫有自动调整居住密度的本能，生下小猫的老猫往往会离开老家，去寻找新的栖居地。除去自然死亡，城市里的猫会遭遇各种意外：误食被药死，误入公路被车辗死，被猫贩子抓走宰杀，被虐猫人虐待致死⋯⋯

在街上和公园里，你今天看到的小橘猫可能不是你几个月前看到的那只，尽管它们看上去一模一样。小小的生命，总是很快地消逝在这个被它们当作家园的城市里。好在比起人类，流浪猫的生存诉求很低，它们天生懂得自己是谁，它们比人类更容易接受现状，更坦然地面对在康德所谓的"普遍要素"中消融的恐惧。

猫造成混乱和肮脏的指控也很明显站不住脚。猫处理自己的排泄物的本领是有目共睹的。再说了，难道它们比城市的审美错乱和无节制扩张更加无序吗？（无厘头的雕塑、违和的设计、超现实的并置和蜂窝一样同质化的高层建筑），比那些冒烟和排放废水的工业园区更加肮脏和

《乘月醉高台》

有害吗？猫导致传染病的说法也没有足够的科学数据予以支持，由猫引出的疾病恐怕比花粉、螨虫引起的过敏症更少见。

　　一个对猫最为不利的指控是猫破坏生态平衡，给野猫喂食就是助纣为虐。猫以鸟类作为猎物，这一点是常识。然而，猫对城市地区的鸟类数量构成威胁的程度是一个有争议的话题。一些研究表明，猫可能是导致城市地区大量鸟类死亡的罪魁祸首。例如，2013年发表在《自然通讯》杂志上的一项研究估计，在美国，自由放养的家猫每年会杀死14亿到37亿只鸟。在澳大利亚进行的另一项研究发现，城市地区71%的鸟类死亡都是由猫造成的。这两项研究得出的结论，经常被爱鸟者和恨猫者所引用。

　　然而，也有研究表明，猫对鸟类数量的影响可能被夸大了。美国人道协会CEO韦恩·帕塞尔（Wayne Pacelle）在回应这项研究时说："几乎不可能确定野外有多少只猫，或者有多少只猫一天中有一部分时间待在外面。"2016 年发表在《鸟类学杂志》上的一项研究发现，虽然猫在城市地区确实有杀死鸟类的记录，但与栖息地丧失和气候变化等其他因素相比，它们的影响相对较小。值得注意的是，并不是所有猫都是捕猎者，也不是所有鸟类都容易被猫捕食。做有罪推论的人也要同时论证空气污染和水污染所造成的鸟类疾病，光污染造成的鸟撞现象，气候异常造成的候鸟偏离路线，等等。此外，飞机的气流、电信塔、建筑材料和土壤毒化等等对于鸟类来说都有致命的影响。要谈论鸟类的危机，也要谈论生物圈中其他生物的生存状态，比如修建地铁对于道路两旁树木的影响，水坝对于河流和鱼类的影响，等等。如果从不讨论其他，只针对猫对于鸟类的危害——只能说这又是一次"猎巫行动"的借口。人类作为地球上动植物灭绝最大的元凶是不是应该在谈论杀猫护鸟的时候，将自己也纳入灾难体系里考虑呢？

何况，我们就不能干预猫鸟困境吗？这比扮演一个观察员、审判员和行刑人更具有积极意义。对于家养的猫，可以鼓励建造对猫友好的住宅，比如阳台上有屏蔽设施的公寓，以防止猫摔倒或逃跑。还可以为猫提供指定的户外区域，比如带有安全围栏的公园和户外庇护所。对于野猫可以实施"诱捕—绝育—放归"计划，以人道的方式控制它们的数量，并尽量降低它们对环境的影响。用不可靠的统计数据来进行污名化，并不能帮助我们建立信任，在保护猫和保护鸟物之间取得某种平衡。

当猫被当作城市中主要的有害生物，猫的生命就会受到严重的威胁，相当于是给对猫的大规模杀戮颁发了许可证。新西兰最近就出现了一些针对家养猫的极端分子。我们往往以为，城市的建设发展是思路明确、有序进行的。其实不然，社会的生态意识和城市的规划和决策往往是被动的推进和改变。决策者们通常基于社会经济和政治的突然需要和对生物特质某种片面的理解，就对生物圈采取某种干预。其中的逻辑、配套设施和整个体系都很难说是完善的。结果往往是，致力于解决问题的管理策略会创造出更多的问题。欧洲中世纪对猫的屠杀，让人类尝到了现世报的苦果：鼠疫差点让整个欧洲灭绝。

一些居民和城市管理者对猫的厌恶，也许有更深层的原因。和人类居民不同，猫不工作、不交税、不交房租，不接受归化和管理。它们不像人类居民，更容易成为城市的产品和消费品。

土耳其的伊斯坦布尔的猫大概是世界上最幸福的猫，那里有成千上万只猫在城市的街道和小巷中自由游荡（没听说伊斯坦布尔的鸟类灭绝了）。因此，伊斯坦布尔也被称为猫斯坦布尔（Catstanbul）。你很难不一出门就遇见猫，流浪猫狗在伊斯坦布尔就是上帝的宠儿。人类居民经常给它们留下食物和水，建造小动物的庇护所，并在需要时为它们提供医疗服务。在土耳其的时候，我亲眼所见——所有流浪猫狗都很干净、坦然和饱食无忧。我的好朋友，土耳其剧作家和诗人，阿纳多卢大学教授哈桑曾两次制止我撸猫，因为我没有随身携带猫粮，而白撸是不道德的。

另一个以亲猫政策而闻名的城市是日本东京。东京有许多猫咖啡馆和猫主题的商店、餐馆，甚至还有一个叫渔岛的猫岛，猫比人多。日本的机器猫、Hello Kitty 和招财猫都是响当当的世界级大品牌，靠着人们对猫的喜爱而赚得盆满钵满。其他以亲猫而闻名的城市还有意大利罗马、美国俄勒冈州波特兰，以及冰岛的雷克雅未克，等等。海明威曾居住的佛罗里达的基韦斯特，六指猫因为被认为可以带来好运而备受宠爱。

城市里没有了猫，仿佛失去了血肉之躯。我们当作常规的、线性的、可规划的、封闭的现代城市结构，如果没有这个活跃的、充满生殖力的，又带着超人类世的动物来将城市连接成一个活的网络的话，我们赖以生存的空间就将成为一座货真价实的混凝土丛林。猫自带的生物智慧是人工智能的叠加和补充。它们的脚印行走于打车和外卖软件构成的资本和数字化城市肌理之上，形成了一张不确定的、生动的另类地图。

波德莱尔和本雅明笔下在城市里漫游的浪荡子，随着网络空间对于现实空间的挤占，电商对实体店的冲击之后就所剩无几了，电子货币的使用使得乞讨者也几乎失业了。猫成为城市中唯一没有被数字化和平面化的白相者。它们徒步走在城市的广场、菜市场和街道上，和同类偶遇，也会赶上麻烦和坏天气。它们吸引那些匆匆奔赴某个终点的人类停下脚步，走个弯路，耽搁一段充满确定性的、设计好的人生，来一起切磋和分享一下猫生和人生。有趣的是，坚守浪荡子这个古老职业的猫，更像是在坚守人类城市的人性。如此，城市里的猫居然成为人类世和现代性的守墓人。猫所栖息的地方就是城市的活口和逃逸线。它们是城市活的地摊，是和保安周旋的地摊小贩中的游击队。或者说那些游击队式的地摊小贩就像是城市的野猫。二者都可怜、卑微但又是界定城市为城市的存在。在南京河西那些高档小区，很少看到小摊贩的地方肯定也很少会看到野猫。

如果我们对城市有更高要求的话，可以尝试减少城市环境对猫造成的风险，比如减少有毒物质的排放，可以指定"猫安全"的区域，开发充足的公共地带，远离繁忙交通的绿地、公园和广场。让猫可以安全地漫游而不会遇到危险，还可以为野猫提供饲养站和庇护所，以确保它们的生存质量。这些措施同时会改善城市其他动物居民的境遇，甚至可以反过来促进人类生存环境的改观。

此上规划其实并不难操作，关键是改变人类思维，改变城市的概念，让人类世界向其他物种的客观世界敞开，保护城市的野性和生命力。毕竟像华兹华斯说的："这个世界对于人类早已经受够了。"

05

猫　　生

艰难

　　猫的遗世独立是纯粹精神上的。在生理上，它们是脆弱的生物，它们很容易死。除了得猫瘟和有先天缺陷而夭折，那些黏在主人脚边的幼猫，会不小心被踩死。那些心不在焉看向窗外的猫，会因对距离产生错误预估而摔死。行走在墙垣和屋顶上的猫会失身落下。在人类的领地觅食的猫会被鼠药毒死，在山野里觅食的猫会因为吃蛇和蝎子而被毒死，家养的猫吃了巧克力和常春藤的叶子也难逃一劫。公路上的猫会被汽车轧死，流浪猫会被狗和同类咬死。那些躲过了意外的流浪猫也通常会在三年之内患上各种致命疾病而死，抑或被猫贩子送到饭店做成盘中餐。最惨的还是被人类中的残暴分子虐待死——打折腿，砍掉尾巴，拔掉猫的指甲感染而死……因为过于残忍，这里就不一一描述了。你能想象到的一千种猫的死法，每一种都被践行过。传说中猫有九条命，不过是基于猫的某些天赋和特殊的硬件特征，比如脊柱的构造和肌肉的反应速度、超常的平衡能力而制造出的迷信说法。

在自然死亡之外，猫狗等陪伴人类的动物所面临的最大威胁就是人。非战争年代，人类的残酷除了体现在针对同类的犯罪，动物，尤其是陪伴动物和家畜更容易成为不受惩罚施暴的对象。对动物展现人性不是圣母癌（"圣母癌"这个词是国产俚语，这个带有性别歧视的矛盾修辞法把对于善的仇视表现得淋漓尽致），对动物展现人性，在某种程度上讲是维护我们作为人的身份。对动物的残暴，一定会反噬到人类自身。康德认为，人不应该残酷地对待动物，否则会降低人类的敏感，从而导致将暴行施加在同类身上。阿多诺曾经说：只要有人将动物看成可宰杀的动物，奥斯威辛的悲剧就不会停止上演。他者是可转换的，暴力是永恒的。

到底有多少人虐猫，以及什么人在虐猫，这些数据出于各种原因没有官方的统计，民间的调查也大多不全面、不准确。2023年6月，凤凰网的《"160根钢针""两个月内20余次虐杀"，血腥虐猫直播背后：未成年人正成为施暴者》一文曾转引一位进行虐猫调查的志愿者张晨的统计：仅2020年2—12月，媒体共曝光97件恶性虐杀动物事件，平均8天一起。2021年1—9月，媒体共曝光100件恶性虐杀动物事件，平均2.7天一起。这个调查的可信性有多大呢？是否有爱猫爱狗人士夸大事实的嫌疑，以获得轰动效应，达到社会关注的目的呢？事实上，也许正好相反，这些数据应该是低估了虐待动物的普遍性。因为够得上"恶性"，并引起媒体曝光的数量肯定比实际发生的要少很多。国外调查的数据相互之间差异也很大，原因是各个机构的信息来源不同，且对动物虐待的定义和范畴设定也不同。一般来说，国外机构对虐待动物的统计主要来自报警记录、兽医记录、法院审理记录和社会调查等。南非动物行为学家魏米伦（H.Vermenlen）等人在1993年的一个调查中，声称在南非的比勒陀利亚地区，1991年3月到1992年2月期间，警方接到1 863起虐待动物（包括弃养和忽视）的投诉。警方对其中的25%进行了调查，其中只有3.4%的施虐者受到了指控。美国FBI在2016年的一项报告中显示，该年度通过FBI系统报案的虐待动物案件为1 126件。致力于家养动物保护的兽医联盟网站（Veterinarians.org）统计，2021年美国全国收到的针对动物虐待的报案数量是16 573起。Pet-abuse.com网站统计过2008年美国开庭审理的虐待

《喵一眼》

动物案件为 1 740 例，2012 年为 559 例。① 《帕尔格雷夫国际动物虐待研究手册》(*The Palgrave International Handbook of Animal Abuse Studies*) 综合了多个针对大学生和青少年的随机问卷得出这样的数据，亲自参与或者目睹虐待动物的比例在被调查者中占到18%—30%。因此，粗算下来，不管是国内还是国外，虐待动物事件的数量都是十分惊人的。

为什么要杀猫和虐待猫？虐猫者给出的一个不算理由的理由是：为什么老鼠苍蝇都能杀得，猫和狗不能杀？为什么猪、牛能吃，狗肉、猫肉不能吃？这不是伪善吗？确实，我们打死过苍蝇、蚊子和老鼠，食用过动物和使用过动物制品。但是，在食用农户或者屠宰场宰杀的动物和杀

---

①Jennifer Maher, Harriet Pierpoint, Piers Beirne, eds. *The Palgrave International Handbook of Animal Abuse Studies*. 该网站目前处于关闭状态。

害、虐待和凌辱一个陪伴动物之间存在一个鸿沟。跨过这个鸿沟就意味着开启了一个禁忌的阀门，逾越了自我对意识中恶和暴力的压制。暴力在大脑中触动的神经按钮，足以让人站在人性的彼岸。同理，一个人杀了人，他就再也回不到从前的自己了。

杀猫和虐猫者的另一个貌似有理的说辞是农户养的猪狗羊鸡鸭鹅有时也可以成为陪伴动物，为什么屠宰它们就不会受到谴责？在进入市场、成为食品之前，家畜、家禽和农户家孩子的"日久生情"自然是不可避免的，但它们不能算是真正意义上的陪伴动物，真正的陪伴动物是不以屠宰和出售为饲养目的的。比如说一只猫或一只狗通常是救助和收养而来，即使是出售也是以品种、年龄、外观、性格为卖点，而不是按重量销售的。一个陪伴动物有自己的名字、在室内和人类一起生活，并且结成了某种亲密的、类似家人之间的关系。再者说，在身份和功能的网里，从来都没有整齐和简单的阵营和关系，一定存在模糊、冲突、流动和灰色的道德地带。屠宰已经成为宠物的猪羊鸡可能会令它们陪伴的孩子伤心，造成他们的道德冲突和认知混乱，但这绝不是可以屠杀和虐待猫狗的理由。

虐猫者所说的流浪猫是入侵物种更是无稽之谈，智人也是入侵物种。至于提及它们会威胁其他物种生存，我在《有猫的城市是性感的》这一章中有更详细的解释。但，这种借口并不值得认真地应对，因为他们对于其他生物和其他居民毫不关心。

在公共领域的大规模的虐猫行为有着更深远的文化和社会动因，欧洲中世纪以及美国早期殖民时期的猫不幸成为宗教狂热的牺牲品。对于基督徒来说，猫在夜里游荡，生性残忍、性欲旺盛，这些都和基督教的信条相悖，同时和黑巫术联系在一起，黑猫尤其被认为是魔鬼的帮凶。历史学家伊琳娜·梅茨勒（Irina Metzler）认为，猫的独立本性引起了中世纪欧洲人的焦虑。在基督教义中，人是世间万物的主宰，有权管理世间万物。而猫并不像狗一样亲近主人，它们难以驯服，显得特立独行，神秘高冷，与《圣经》中温顺的动物形象不符。这让人们觉得猫是在蔑视上帝定下的秩序，是异教徒的化身。1692 年在美国殖民地马萨诸塞州的塞勒姆镇中，有 20 多名"女巫"被处死，而猫被当作法庭指控女巫的证据。

1730 年在巴黎发生的大规模地对猫的审判和处决是一场隐喻层面的杀戮，是阶级斗争的一种隐形和变相的发作。那时候，巴黎圣塞佛伦街的印刷厂里，学徒们过着凄惨的生活，每天忍受着厂主的虐待和侮辱，却只能留在厨房里吃厨余果腹，厨子们宁可把剩鱼剩肉拿给厂主妻子的爱猫小灰吃，都不给这些学徒。为了改变这一状况，一个学徒想出了绝妙的计策，他每晚爬到厂主卧室的房顶上学猫叫，终于吵得厂主夫妇忍无可忍，命令学徒把猫赶走。

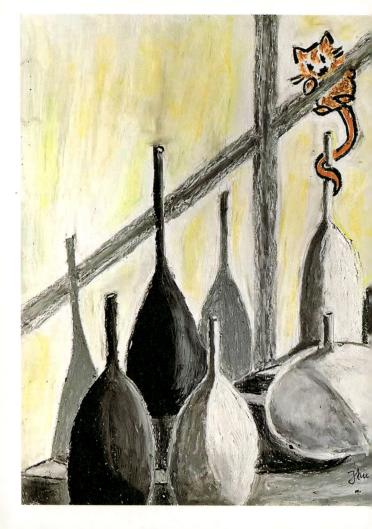

《影子与回旋》

学徒们得到了命令，第一件事就是把小灰打死了，其他的猫也被装进袋子里，在他们自己组建的模拟法庭审判后处以绞刑，整个过程给学徒们带来了极大的快感，甚至在后来很长时间里，他们都会通过重新表演当时的情景来获得快乐。一切极可能是，被剥削的阶级夺取司法权和话语权的斗争而导致了猫族的生灵涂炭。历史上，阵发性的动物灭绝行为都是伴着人类的斗争、愚昧、恐惧和癫狂而来的，诸如此类的事件还历历在目。瘟疫期间，人类的恐惧很容易转嫁到猫狗身上，就像是欧洲和美国的经济问题很容易被本国民众归罪到移民身上。人类需要替罪羊。

除了群体性的杀戮，猫也一直都是个人狩猎的目标。狩猎者就潜伏在我们周围，可能在白日里还是体面人。普通人很难理解虐猫者真正的心理诉求。因为缺乏相关的研究和真实的访谈，我们只能以小说家的视角，进入人性崎岖和幽暗之地———

大牛青少年时期曾参与了一桩把猫卷起来当球踢的事件。当时他觉得就是跟玩其他游戏一样的，没什么不好，也并没有特别快乐的感觉。只是想知道踢一个"猫球"会是什么感觉。小强摔猫是想知道猫到底有没有九条命，而大头单纯地感到无聊，想找点刺激的事儿干。成年的当事人在道德和价值观成熟之后，回想起这段往事应该是有负罪感的，但是大牛和小强平时并不愿意去想这件事，而是把它当作一件不大光彩、幼稚的往事而已。令人欣慰的是，大牛等人在成长的过程中并没有发展成杀人犯。有些儿童时期的虐猫行为是在其世界观成熟之前，实验性的、摸索世界和道德边界的一种非社会化（asocial）行为，而不一定是反社会化（anti-social）的。但是，类似的恶作剧发生在人身上可能就会造成悲剧。2023年7月，江苏宿迁沭阳的一个8岁女童被两个少年用弹弓射伤，致左眼失明。两名男孩自称并不是故意伤害，只是想要吓吓她而已。诸如此类的事件也并不是今天才有。小时候，我家附近有一个造纸厂，锅炉工每隔一段时间就出来扔煤球。一次当我经过，他突然把一锹燃烧的煤球扔到我的脚上。直到现在，回顾当时的情形，我还会猜测他是否也只是想吓我一下，或者是好奇火炭和肉皮接触会发生什么。这种"无心"的残酷其实也是"无心"（无共情之心和关爱之心）所致。

小辉在虐猫的游戏中，第一次感觉到自己是制定残酷规则的主体。小辉的学习和生活，事无巨细都由家长包办，一旦他选择A，他只能得到B，一旦他决定C，结果就会是D。当人的主体性一直被压制和剥夺，人这个存在物就会变得"绝对贫困"。这样一个人的独立意识和存在感就很可能会在侵犯性的行为中形成。小辉在生存与死亡的虐猫游戏里所享受到的是可以主宰弱小命运、玩弄生命于股掌之中的优越感。把生杀大权放在自己手中，是对焦虑

的转移和对自我的肯定。这也是行使作为人的权利的一种
表现，不管这个欲望的表达有多么病态。

　　小刚对猫这种动物在文明社会获得的某种特权和保护
壳感到莫名和诡异的反感，猫咪吃专门的猫粮，还有主人
精心制作的配餐，有专门的猫窝、饮水机，有玩具和游戏
空间，甚至有专门的猫咖啡馆，每天好吃懒做就能捕获人
们的芳心，闯了祸也可以被轻松原谅。如果猫在这个社会
里拥有了比我还多的特权、享受到比我优渥的生活和更多
的爱，那它就不再是阿甘本所说的"赤裸生命"了。意大
利哲学家阿甘本重新解释了古希腊语中的两个词，一个是
zoē，另一个是 bios。zoē 的词根和动物"zoo"接近，表
达活着的生命，仅仅是活着，没有生命的形式、风格，以
及特定的生存方式。阿甘本称之为动物生命，也就是赤裸
生命，他后来的概念"牲人"其实就是赤裸生命，字面
意义上是神圣的，但其实是最卑贱的生命。bios（政治生

命）的人是在活着之外，发展出来一套特定的生活方式和人格的生命。这样的生命不仅仅单纯活着，还具有社会的政治权利和属性，这个生命是人的生命。阿甘本讨论的重点是在欧洲历史上出现的剥夺人的政治属性，让人从政治生命变回动物生命的状态。典型的例子是二战时期的犹太人，希特勒通过一系列的法律手段剥夺了犹太人的公民权，让他们回到赤裸生命的状态。失去政治保护的犹太人被投入有毒气的集中营。之所以叫作"牲人"，是因为在这个过程中，没有人为此承担法律责任。其他赤裸生命包括难民、精神病患者等都居于被定义为"不配存在"的地带。用权力话语将某个种族和国家的人民"去人化"（dehumanize）和妖魔化是种族灭绝和大屠杀的前奏。至于动物，本来就是没有 bios 的 zoē。

比起把人降格为动物，把动物升格到某种具有生活风格的 bios 的观点和行为更加不能令一些人接受。生存风格、生活质量,以及作为人的社会性参与和主体性表达在不少人那里是很稀缺的。将人类伙伴重新归位成卑贱的动物,让其回到可以随意宰杀的赤裸生命,也许是为了让自己免于进入牲人地带的一种方式?法国印刷厂的屠猫事件,也许还包含无产阶级拒绝成为比猫还低贱的赤裸生命的抗议成分。

小乐见到猫就拳打脚踢是出于极度的恐惧。他一直觉得猫不是动物,而是特异和邪乎的生灵。童年时期他还曾经被猫吓到和抓伤,猫的绿眼睛和长毛也让他感到心里发怵。他无端地觉得每次夜里回家,猫都躲在花坛和街角的暗处突然跑出来吓他,他虐猫的逻辑是"与其让你们来害我,不如我先下手为强"。

小乐的恐惧很难说是理性的,他自己也觉得很难解释,有点鬼使神差的感觉,甚至他觉得这只猫在诱惑他生出歹意。的确,猫具有动物属性,又从动物属性中溢出,

它不是野生动物，也不是家畜和家禽。猫从不劳作，从不产出蛋、毛皮或者奶，猫就是这样一个无用的悖论，它们是自我和他者、生和死、理性和非理性、肉和灵的界面。用法国哲学家德勒兹的话说，经过千百年的驯化，猫并没有"俄狄浦斯化"。在人类的亲密关系中，它们还相对地保存了自主权和野性。猫身上的无法归类和拒绝成为人类客体的绝对他性让小乐如鲠在喉。

对于小明来说，猫像极了嫌贫爱富和水性杨花的女人。内向又自卑的他对女人既渴望，又充满厌恶。虐猫更像是一种替代性的性侵。猫在遭受痛苦时，叫声很像婴儿，无力呻吟的时候又很像女性，所以能够极大地激发他的暴虐冲动。而这种冲动很可能和性有关。用虐猫代替强奸，这样的人一定对性行为本质的认识存在根本误区，虐猫的人认为性行为就是征服、"刺穿"对方，宣泄愤怒。受害者越是叫喊和疼痛，越是能让他兴奋。小明是否在施虐的时候勃起，是否在平时的生活里有其他变态的性行为，这个问题恐怕也只有他自己知道了。

　　小伟是一个虐待狂和具有反社会人格障碍的年轻人。父亲脾气暴躁，经常在酒后打他和他的母亲。母亲生活在恐惧和怨恨当中，对小伟也感情淡漠。在这种非安全型的亲子依恋关系中，小伟的感情需求从来都没有得到满足。在学校里，小伟成绩中下，受了霸凌也不敢反抗或者找老师反映，更得不到家长的支持，只能默默吞下苦果，他从没有想过，也不知道如何去讲理、求助和释放负面情绪。在被虐的体验里，小伟领悟并接收到了施虐者传递的快感。虐猫无非是模仿之前他受虐的场景并重现受虐的创伤，只不过在新的场景下进行了施虐/受虐的角色互换。"负面情绪应激"本来是受害者心里的防御机制，却在潜意识里让小伟尝到了权力的甜头和拉康意义上的"享乐"，获得了施虐行为带来的震惊和快意。看着猫一点一点死去，小伟获得了一种极大的心理补偿。他甚至有时会拍摄被害的小猫视频，存在手机里，便于日后一遍一遍地重温回味。在这一类的虐猫者的家庭中，大概率有家暴和其他反社会行为，暴露于这样的家庭环境的孩子很有可能会发展出暴力行为。美国丹佛大学教授弗兰克·埃森奥尼（Frank Ascione）所写的《动物虐待作为亲密伴侣暴力的一个风险因素的新兴研究》（"Emerging Research on Animal Abuse As a Risk Factor for Intimate Partner Violence"）一文中的统计数据显示，高达百分之八十四的遭受配偶暴力的女性，也同时存在宠物被虐待和杀害的现象。①

　　小芒失手打死了一只猫。原本他就只是想教训一下不听话的"逆子"，谁知道这"逆子"完全不接受教育，这

---

① 该文收录于 K. 塔克特（K. Kendall-Tackett）和 S. 吉亚考莫尼（S. Giacommoni）2007 年编著并公开出版的《紧密伴侣暴力》（*Intimate Partner Violence*）的调查报告。

让小芒越打越气，没想到打到猫的要害处，"逆子"一命呜呼。这种人打猫和打孩子的道理是一样的，他们不是不喜欢猫，而是对猫的自律和理解力有着不切实际的高要求，在迫使其服从却失败的情况下，很容易气急败坏。例如，命令猫吃某些食物，指定猫在他们认为该上床的时间睡觉，强迫它们亲近主人，等等。他们希望自己养的猫就要在主人想玩的时候让玩，在主人想安静的时候就静止。这种人有一种极端的权力欲和控制欲，不能忍受不确定性以及丝毫的不服从，对于自己经济和感情的付出十分计较，更不能忍受猫拆家，在地毯上便溺，在人的杯子里喝水，或者抓伤小孩，更不用说猫在受教训的时候居然还会反击。说到底，这是一种"顺我猫昌，逆我猫亡"的心态。这种心态和行为，也可以延伸到其他弱者——女人和孩子身上。

其实，管教猫真的比管教孩子更难。因为猫自几百万

年前从大型猫科动物演变而来之后，基因改变很少，当你决定养猫，基本等于你在家里养了一个野生动物。凡是在愤怒管理上存在缺陷、控制欲过强的人不仅不适合养猫，也不适合结婚和养娃。

小涛（也许是小玲）虐猫有着更隐秘的诉求，就是求关注。被世界所无视的人通常会以极端的方式来引起舆论关注，享受一种被恐惧和被厌恶，同时被关注的体验。当自我被剥夺了正面价值感的时候，那么"负面价值也是价值"的想法就会让这些人走向极端。这也是为什么"曝光"施虐者没有多大作用，很多施虐者希望出名，渴望获得更多关注。出名后，喜欢虐杀视频的人，就会追捧他和效仿他，仿佛虐猫也是迅速火出圈的一个新赛道。杀害并肢解中国留学生，并进行网络直播的加拿大裔的变态杀人凶手卢卡·马尼奥塔，在他的模特、电影和色情表演事业都失败之后，建立了70多个"脸书"（Facebook）网页、

20 多个网站来宣传自己。他的虐猫视频获得了比之前任何时候都更多的关注和点击量。

杰克虐猫，就是要故意破坏和践踏人们普遍认为美好和有价值的东西。像杰克这样的虐猫者可能妄图一石二鸟，他们不仅从施虐中取乐，故意恶心那些（他们认为）爱猫的"圣母"便是双重的乐事。他们传递的情绪是：你越是喜欢和追捧什么，我越是故意破坏给你看，就是让你心里添堵，你又能拿我怎么样？也许你正在看着给猫狗洗澡的温馨视频，当你下滑留言，也许会看到这样的一条评论：放在滚筒里试试，或者里面加上葱花和大料更好喝。这些言论是故意针对猫主人的和观看视频的人（特别是女性）的。回到法国印刷厂的故事，当印刷厂的工人们杀猫时，他们针对的其实是印刷厂厂主夫人，小灰是她"爱死了的一只猫"，当这些工人将猫折磨死时，厂主夫人当场失声尖叫，她感受到了工人们的报复：一种以强暴形式而表达的恨。

大柱和猫没怨没仇，之所以打死一只猫是因为冲动和缺乏情绪管理。那天他刚和朋友吵架，加上喝了点酒，碰巧路边一只猫经过，愤怒之下他拎起猫往草坪上摔，酒醒之后，自己居然都记不起来这件事。按照大柱的说法，谁让那只猫倒霉呢？谁让它那么脆弱和容易上手呢？

刘老太趁孩子们上班，把猫装进笼子，放在阳台上曝晒，是出于对家里卫生的考虑，对于有洁癖的刘老太来说真不能忍受猫毛满天飞，哪儿都是，刚擦过的地一会儿就又脏了。在她看来猫就是个畜生，饿点、冷点和热点都不是什么大事，不用那么宠着，更不能供起来。刘老太早看不惯年轻人养猫养狗：放着我们老人不孝顺，难不成还要孝顺动物？阿全的理由和刘老太有些相似：猫影响了自己的生活和习惯，他白天忙工作，晚间又因为猫叫被吵得夜夜难眠，有回下到车库取车时发现猫在他车上蹲着，就顺手把猫捉住，转而扔到了垃圾箱里，为了加强惩戒的力度，他还在盖子上压了一个钢棍。"知乎"2021年9月曾发布一篇报道，在山东省临沂市某小区，流浪猫只因咬坏了垃圾袋就被一男子围堵在墙角，进行了长达10分钟的虐打并最终死亡。这种虐猫者具有强烈的"社会支配取向"（SDO）[①]。他们完全把动物看成"物"，把人类和动物看成等级分明的主属关系。维护动物的生命和权益对于他们的认知来说太奢侈了。任何超出实用和私利的因素都不在他们的考虑当中，他们认为动物的存在是以服从人类规则和利益为前提的，说穿了，就是不能妨碍他个人的利益。而这类SDO人群对待移民和其他弱势群体的态度大抵也好不到哪里去。他们最爱说的话有且不限于"我对动物没意见，

[①] "社会支配取向"理论由哈佛大学吉姆·西达纽斯（Jim Sidanius）教授和康涅狄格大学费莉西娅·普拉托（Felicia Pratto）教授提出，旨在解释社会中不同群体之间的支配关系和不平等现象。

只要不妨碍他人"和"我对外来务工人员没意见，只要他们不住到我们小区"——是同一个腔调。

王师傅的虐猫是在大伙儿无聊时候的即兴表演，一种出风头和获得群体认同的行为。在男性荷尔蒙浓度高（偶尔也有女性参与）的地方，猫狗很容易成为群体性暴力事件的牺牲品。一群男孩子手里拿着石头追赶一只猫，直到砸死为止，或者起哄给一只狗的尾巴上绑上鞭炮，这类场景估计现在40岁以上的人都"有幸"目睹过（那时候的孩子们容易聚集）。群体暴力通常不需要经得起推敲的理由，且充满狂欢。这种野蛮的群体行为的消失和文明程度的提高、城市居民之间关系的疏离、内卷的学校教育、电子游戏的发明等等有着直接的关系，也和智能手机、互联网络实时记录和发布如此方便有关系。虐猫群体往往都隐藏在暗网之中，现实中虐猫者都是单打独斗，然后通过网络分享给别人。但是，和过去的群体一样，分享仍然是一个重点。如果没有分享，一个人给猫处以私刑的快乐就会少很多。在 2005 年左右，我亲眼看到一只狗被当场处决后，妇人（狗主人）躺在地上喘息，哭到失声和小便失禁。旁边围作一圈的人都在哄笑，没有人同情被伤害和羞辱的狗主人。

小琳的爸爸发现最近小琳玩猫丧志，学习成绩滑坡。气愤之下，小琳爸爸打破了猫的鼻子，作为对小琳的警告和惩罚。其实，虐猫/狗儆人并不罕见。瑞典作家斯蒂格·拉森所著的小说《龙纹身的女孩》中，为了恐吓调查企业家亨利·范耶尔家族悬案的男主布隆维斯特，凶手马丁·范耶尔肢解了男主照看的一只流浪猫。

海鲜大哥在小区埋伏了一周，一共淹死了 3 只猫。他不仅自己屠猫，而且要求小区物业和他一起行动，因为他真诚地认为这些猫传播疾病、随地便溺、扑杀鸟类、制造噪声，有百害而无一利。海鲜大哥是一个有着某种病态使命感的自发立法人员、执法人员和行刑人员。

　　不想说，但又不得不说的一个虐待动物的方式就是对动物的性侵。当人们听到"兽交"这个词往往更多地想到的是伤风败俗、道德沦丧，而并不会立即想到这是对动物的虐待和性侵。昭昭白日之下，确实隐藏着这样可怕的人和团体。

　　虐猫者在和爱猫认识对峙的时候，爱说的一句话是：虐猫怎么了？虐猫又不犯法。这一句话道破了天机，虐猫之所以屡禁不止，是因为犯罪的门槛和成本太低。猫的身材弱小，很容易得手。最重要的是，没有相关法律来制约，目前尚还没有出台反虐待动物法。虐待家养动物和牲畜比家暴还要"上不了台面"，在短期内也不是法律所关注和解决的问题。1998年国家制定了《野生动物保护法》，其执行起来是相当地严格，"大学生掏鸟案"即一个有名的案例，大学生因非法猎捕、贩卖濒危野生动物而被判了刑。对于普通的动物，却至今没有立法。如果宠物是有主人的，可以追究加害者损害私人财产的民事责任，流浪猫则完全不受保护。对于网上传播虐猫视频的人，也只能想办法以违反网络信息管理法、"寻衅滋事罪"、"非法经营罪"、"非法利用信息网络罪"来进行处罚。但是因为虐猫者在暗处和暗网中活动和联络，警察、民间组织和爱猫人士也很难取证。

　　民间面对虐待动物事件的态度也截然不同。那些恨不得对施虐者动用私刑的想法并不在少数，很多人自愿组成救助队拦截猫车，收留被虐待的动物。加拿大"食人杀人狂"卢卡的归案和一帮爱猫人士长期对其虐猫行为的跟踪和围剿密切相关（后被网飞［Netflix］拍成纪录片《猫不可杀、不可辱》）。还有一些人则选择性无视，甚至冷嘲热讽。在谴责虐猫的视频留言区，诸如"人都顾不过来，还去关心猫的死活，就是闲的"这样的发言会得到不少人的点赞。更多的人则把视线移开，对自己默默地说，这没发生，这和我无关。公众的无视、法律的缺失，以及行政的无力都等同于放纵虐猫暴行。虐猫者对于曝光者的报复也变得有恃无恐。

虐待动物的人大概率会发展成犯罪分子，这个不是随意的断言或者空穴来风。很多社会心理调查和警察档案都坐实了一个推测：具有攻击行为、吸毒、酗酒和破坏他人财产的成人罪犯大多年幼时都虐待过小动物。[1]根据美国联邦调查局1986年的一项报告，几乎所有的连环杀手曾经都有过虐待动物的经历。[2]越是拟人化的、有更高社会化

---

[1] 出自《罪犯和非罪犯童年对动物的残酷行为分析》，该文作者 S.R. 凯勒特（S.R. Kellert）和 A.R. 费里所（A.R. Felthous），发表于《人类关系》（*Human Relations*）杂志，1985 年第 12 期。

[2] 见美国司法部官方网站的 NCJRS 电子图书馆，1986 年的一项调查《虐待动物的错综的网络：人类暴力行为和动物暴行之间的关系》（"Tangled Web of Animal Abuse: The Links Between Cruelty to Animals and Human Violence"）。R. 洛克伍德（R. Lockwood）和 G.R. 霍至（G. R. Hodge）著，https://www.ojp.gov/ncjrs/virtual-library/abstracts/tangled-web-animal-abuse-links-between-cruelty-animals-and-human。

的动物，越是可能成为被虐待的对象。可以理解为，虐猫可能是他们无意间触碰到内心深度欲望的偶然事件，也是"小试牛刀"和"寻找知己"的自我培训。

美国小说家布莱特·伊斯顿·埃利斯的《美国精神病》（*American Psycho*）中所刻画的帕特里克·贝特曼是一个典型的双面人。白天他是华尔街的股票经纪人，英俊迷人，谈吐风趣幽默，为自己的客户们日进斗金。可当夜幕降临时，贝特曼便露出狰狞的一面，他将一个个猎物绑架到他的豪华公寓，一点一点折磨，直到猎物痛苦地死去。小说和之后改编的电影里有一个情节，比杀人镜头更加让人记忆犹新：衣冠楚楚的贝特曼在一个屏保是"请投喂流浪猫"字样的提款机旁，枪决了一只流浪猫。真实世界里的变态杀手也通常都有虐猫的经历。

当然，对猫的残酷并不限于虐猫。只不过，以虐猫为乐——性质更为恶劣。屠宰和食用应该是导致猫死亡的主要原因之一。猫肉一般不会引起任何食用的欲望，人们想到食用猫就会觉得恶心、诡异和变态。猫是吃老鼠肉的，加上有妖性加持，人们还是很顾忌的。李时珍在《本草纲目》里就记载过猫肉咸且酸，不入食物，使用者稀。不是有句老话："背脊向天皆可吃。"百度的"猫肉"词条煞有介事地介绍，"猫肉具有壮阳和滋阴的功效"。公益纪录片《三花》从2009年12月，上海救猫志愿者的一次猫车拦截活动开始，最终牵出一条触目惊心的地下猫贸易产业链。这些被盗的猫有的是做成所谓的"龙虎斗"，更多被捕杀的猫改头换面，以羊肉、猪肉、鸡肉、兔肉的名目出售。至于猫肉好吃不好吃，并不是一个特别相关的因素。吃猫肉最不在意是否美味，而是吃个新鲜，图个传说中的壮阳。

猫狗的繁殖和训练也存在虐待的可能。比如，超出正常周期的频繁生育，奶猫过早地与母亲分离，基因缺陷猫的繁育，等等。斯芬克斯猫因为没有毛发，身体分泌的油脂无法吸收，很容易变得油腻。因为无毛，斯芬克斯猫身体素质也比其他猫差，对外界温度调节的能力差，既怕冷、又怕热。对阳光过敏，因此只能待在室内。折耳猫罹患的软骨发育不良、多囊肾病、心肌炎和呼吸系统疾病，使其终生活在病痛当中。但还有无数的猫因为它们独有的商业价值和特征而被育种和繁殖。虽然许多突变可能是良性的，但当动物因某种审美特征而被专门繁殖时，就会出现严重的伦理问题。训练和矫正行为的过程中也可能涉及虐猫，但是有人认为虐猫是指不必要的折磨和伤害，而用于训练和矫正的必要行为不能算是虐猫。显然，必要和不必要这两种说法是以人的需求来划分的，对于猫本身来说，就是一种虐待。

其他形式的虐待更加隐秘和难于防范，比如弃养（搬家、家人反对、怀孕、动物生病）和长期忽视、咒骂、恶作剧，糟糕的卫生条件、过度拥挤的生活环境、运输条件不当，以及过度打扮、过度喂食，还有为了电影镜头的效果，动物竞技和搏击、科学实验，诸如此类损害陪伴动物健康和生命的行为。这些行为虽然不那么道德，但不容易引起广泛的关注和讨论，有些伤害是无知或缺乏共情造成的。有些人可能不了解猫的需求或如何正确地照顾它们，这可能会导致无意的伤害或忽视，比如把一只猫留在一辆闷热的车里。还有一些虐待是隐性的，比如关禁闭、用突发的声音和动作来惊吓猫，用伤害性行为和语言来恐吓猫，等等。

　　有人可能会问：世界上还有千千万万的人在挨饿受苦，为什么要关心动物的死活？我的回答是能与他人建立强烈的情感连接的，一定会与动物感同身受。不理解动物疾苦的，大概也不会理解人类疾苦。对待动物的态度和对待虐待行为的态度涉及一个核心的问题：何为人类？阿甘本指出，人需要把自己从动物中辨认、分立出来。这个"辨认"和"分立"不是对立和压迫，也许正是"高看"动物、对动物展现人性。生而并不都为人，人应该是在后天努力中习得和赢得的身份。在漫长的进化中，人作为不高级的高等动物，他们的智慧能够打败动物，建设城市、发明武器，但是不足以让他们对自己的残酷感到羞耻，更不能找到一个有效的和自然共处的方式。

　　也许有些人类并不是刻意的残忍，而是不知道如何行使自己的特权，也没有能力脱离一个以人类为中心的话语体系。确实，如果人类文化中有如此多的习惯、欲望，思维和语言在暗中支持暴力和虐待行为，如果在人们的观念中，动物永远是外在于人类存在的绝对他者和赤裸生命，即使有一天出台了"反动物虐待法"，虐猫行为也是杜绝不了的。要打破"人类中心"，意味着改变文化意象、饮食习惯，甚至改变我们的语言模式。这虽然很难，但可以

尝试一下吗？阿猫阿狗、狼心狗肺、猫儿念经诸如此类的

词汇，不仅是侮辱性的，更要命的是它们完全不符合事实。

06

黑猫
是　　　一封信

　　已经有人梳理过文学史上写猫的作家了。爱伦·坡、夏目漱石、多丽丝·莱辛、村上春树、蒙田、艾略特、陆游、黄庭坚、老舍、周作人、钱锺书和汪曾祺都有专门写猫的篇章，而那些出现猫、提及猫和以猫作为引子的文学作品更是多到数不过来。有些貌似在谈猫的作者并不是在讲猫，而是以猫的口吻来谈论人和人世间，像女作家万燕的《猫》。还有一些作品以猫作为名字，但其实也没猫什么事儿，比如库尔特·冯内古特的《猫的摇篮》玛格丽特·阿特伍德的《猫眼》和田纳西·威廉斯的《热铁皮屋顶上的猫》。

我最喜欢的自然是爱伦·坡的《黑猫》。《黑猫》以第一人称视角讲了一个令人毛骨悚然的故事。故事里的"我"本良善之人，娶了一个良善之妻，家里养的一只黑猫叫布鲁托。生活美满、人猫和谐。

可好景不长，"我"变得嗜酒、暴躁，经常家暴妻子，这只黑猫更是成了"我"的出气筒。一晚，喝醉的"我"以为黑猫故意躲避自己，残忍地挖掉了它的一只眼睛，接着"我"又变本加厉地吊死了这只黑猫。

就在那晚，一场大火将"我"的家当全部烧毁。在废墟里，"我"惊恐地发现了残壁上神秘出现的黑猫的浮雕。不久，一只外貌酷似布鲁托的猫凭空进入"我"的视野和生活，让"我"不得不收养了它。和布鲁托不同的是，这只猫的胸脯上有一片白斑。好巧不巧的是，过了几天，它的一只眼睛也不知被谁挖掉了，而且那个白斑的形状也越看越像是一个绞刑架，这让"我"对这只猫心生恐惧和怨恨。一天，在地窖里，这只猫差点将"我"绊倒，"我"一气之下抡起斧头就要砍杀它。这时，妻子突然出来阻拦，已经失去理智的"我"一斧把妻子砍死，而肇事的猫不知去向。"我"将妻子的尸体封进地窖的墙里，试图制造完美犯罪，没想到黑猫也被砌进墙里。当警察到地窖来检查时，黑猫的叫声泄露了天机，警察顺着猫的叫声，找到了"我"藏尸的地方。

如果你像我一样读过N遍之后，就会发现黑猫是一个X，可以是爱伦·坡任何一个短篇小说的主要元素。在《失窃的信》中，它就是一封信。在《一桶白葡萄酒》中，它就是一桶酒。在《椭圆画像》里，它就是那位画像中的妻子。

《失窃的信》的主人公杜宾是巴黎的一个私家侦探，

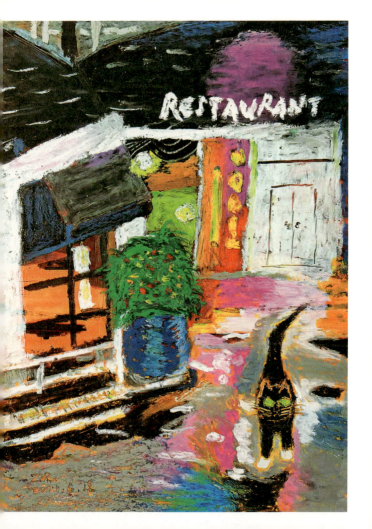

他足智多谋，有很强的逻辑推理能力和诗人般的想象（虽然爱伦·坡在小说里嘲笑了诗人一番）。相比之前的案子，此案件比较敏感和奇特：法国皇宫的王后接到一封密信，未来及细读，就因国王的出现而搁置，这时一位阴险的大臣看出其中端倪，竟然当着王后的面将信拿走，而王后因为国王在场而无法出手阻止。事后，王后委托巴黎警察局长G将信找回。G几乎搜遍了大臣的家却一无所获（动用了手钻、探针和高倍显微镜），只得向杜宾求助。事件的蹊跷之处在于，王后和警察局长明明知道是D部长偷的，但就是找不到这封信，信好像凭空消失了一样。杜宾受到一个八岁小孩的启发，即完全站在D部长的立场上设身处地想问题，他很快就意识到信一直都在D部长房间里最显眼的位置——壁炉旁的卡片架上。于是，杜宾托词拜访，用一封相似的信将王后失窃的信调包，最终解决了王后的难题。

《失窃的信》原本在爱伦·坡的小说中并不是特别诡异、恐怖的一篇，但它的看点在于一种老谋深算和悠闲雅致的趣味。不过，爱伦·坡的短篇小说各有千秋，后来这篇如果没有雅克·拉康和德里达的重新阐释，也不会引起世人如此多的关注。

拉康对爱伦·坡的《失窃的信》的讨论是他在1956年"失窃的信"研讨会的主干内容。拉康利用爱伦·坡的这个故事对语言、精神分析和无意识结构进行了探索。拉康把故事中的"信"看作一个纯粹的能指，其意义取决于它在象征秩序中的位置和流转，而不是它的内容。信的意义与谁拥有它，以及由此造成的影响有关。通过不断地换手（王后、大臣和杜宾）和重复性的"拜访和偷窃"行为，能指得以在象征秩序里、在不同主体之间运动。拉康以此来说明意义是如何在语言系统中建构的，权力是如何通过符号之间的互动来行使的。

　　读者从来都不了解信的内容，来信者和地址也一概不知。我曾读过一篇发表在核刊的学术文章，声称这封偷来偷去的信的内容涉及王后和大臣之间的政治斗争。这种说法作为一种猜测尚可，言之凿凿就不好了。总之，"信"在这里只是一个没有明确所指的能指，但因为收信人和寄信人的身份以及他们之间微妙的关系，能指本身就生成了控制性的力量，因此，权力斗争就成为信的新的所指。谁拥有这封信，谁就拥有了权力，就像警察局长所说："这封信使拿到它的人得到一种在一定场合下极有价值的权柄。同时，置另外一个人于危险之中。"王后不能让国王知道这封信，大臣也在第一时间，通过王后的神态和动作，掌握了这个信息。大臣不惜亲自去偷信就证明了这封信的价值，因为拥有了信就意味着可以随时拿捏王后。而当信再次被皇后的人偷走，大臣也随之失去控制的权力。

　　拉康说，在小说中，"能指相对所指来说就有了优先性"。"能指的移位决定了主体的行动和主体的命运……人的心理不管愿意不愿意都跟随着能指的走向"。因此，他说不是主体拥有信，而是信拥有了他们，人为能指所掌控。信的所指不是从文字和符号本身获得，而是权力冲突的行为反过来制造了这封信的所指。

两篇小说《黑猫》和《失窃的信》，从表面上看并无特别的联系。一个疯狂、一个机智。一个和一只猫过不去，一个和权重之人周旋。但仔细想想，两篇小说之间似乎有着扯不清楚的联系。首先，它们都围绕着一件不可说的神秘之物（猫和信）展开，都采用了对开式的、重复性的结构，且都围绕着观看和凝视展开。可不可以说，黑猫和失窃的信一样，都产生了现实中的施动功能的能指？

在《失窃的信》中，信（"Letter"也有字母和文字的意思）并不依靠象征秩序中的能指关系产生意义。这封没有披露内容的信不是思维机器运转的产物，而是一个来自

《内卷喵》

真实界的、抗拒象征化的能指。而黑猫，作为巫术和黑夜中的动物，更加直接地指向无意识层面。不过，与其说它是魔鬼的帮手，不如说它是来自"真实界"的一封信。对于主人公来说，它就是一封每天在眼前晃来晃去，却无法被阅读的信。如拉康所言：无意识是由能指材料构成的，其中每个能指都会联想到网络中的另一个能指。这种无休止的符号游戏构成了无意识的思维过程。它是透过我们而言说的语言，而非我们所言说的语言。故事中，这封闯入和破坏象征界的"猫信"，最后成了一个"口信"，一个为警方通风报信的吹哨人。

在《失窃的信》中，信在大臣家中的可见范围之内却不可见，这是小说产生张力的一个关键。在《黑猫》里，黑猫在"我"不想见的地方处处可见是悬念的核心。在前者中，凝视是单向的，信被看到、被寻找、再被找到。在《黑猫》中，"我"的凝视招致了回望。"我"的恐惧不仅来源于猫的黑暗天性，更来自猫的注视、审视和评判。

宠物本该是依我心愿被我所见之物。但，"我"的黑猫不一样。它会突然出现在"我"的眼前，一直待在"我"的脚边，跟"我"一起上街。这种依赖关系，在"我"性情大变之后开始变得可憎。"我"感到布鲁托无时无刻不在观察和审视：酗酒、打骂妻子、虐待动物，林林总总都被它尽收眼底。这也是为什么"我"首先要挖掉它的双眼。布鲁托成为一个不可忍受的提示，一个指向"我"蜕变的能指。"我"从猫那里看到一个不堪的自我和某种黑暗力量，这个能指赋予了黑猫以一种超越宠物的权力，"我"竟然处于权力关系的下风，这让"我"备受折磨。作为一个能指，此猫和一个真猫的所指已经没有关系，这个猫能指和作为主体的"我"从一个友好关系变成对立的关系。主体作为人的地位和权力受到威胁，其确认和彰显均需要对猫实施暴力而获得。

《天马》

　　失去了一只眼的布鲁托在"我"罪行升级之后，其指向和指控功能也随之增强。它的一举一动所折射出来的是"我"日益加深的内疚和自我厌恶。这直接导致了"我"试图消灭能指的行为："我"吊死了布鲁托！但是，即使猫的肉体消失，也没有能够抹掉黑猫的能指，它在一场大火之后被刻印在房子的断壁上——脖子上还缠着一根绳索！

　　也许，残存的理性还能让"我"为这骇人的形象作出科学的解释，把黑猫的形象归结为某种自然现象。但，当第二只黑猫进入"我"的生活，"我"的现实感面临全面崩溃，"幻觉也日益加剧"。

　　第二只猫和布鲁托有着相似的外貌和粘人的性格。诡异的是，和布鲁托一样它不知何时也被人剜掉一只眼睛。更加诡异的是，"我"发现在它的胸上有一块绞架形状的白斑。由此，黑猫的能指在意义链条中滑动，并不断附加其他能指，不断自我赋能，最后成为一个强大的能量场，这个能量场严重地威胁着"我"。这个过程也是主体"我"不断地恶化，从稳定和理性到逃逸理性的过程。"我"的反映可想而知，在盛怒之下，"我"举起斧头要解决这个怪物，却意外砍中了前来阻挠的妻子。

有意思的是，故事在这里有一个关键的互文。"我"试图复制在《一桶白葡萄酒》中蒙忒撒的作案手法。在那个故事里，"我"在狂欢节杀了死敌方托纳多，"我"把他砌在家族墓穴的墙上，并成功脱罪。在《黑猫》里，"我"如法炮制，把妻子的尸体砌在地窖的墙壁里，一切似乎都做得万无一失。黑猫也不见了，"我"也因此轻松了几天。不久，警察奉职来搜查住所。当然是一无所获，然而，当他们就要离开的时候，"我"竟然鬼使神差地拦住警察，把他们的注意力引向掩埋妻子的墙壁，并用手掌敲击它。而这时，里面传来大声的呼嚎和悲鸣。"一半是恐怖，一

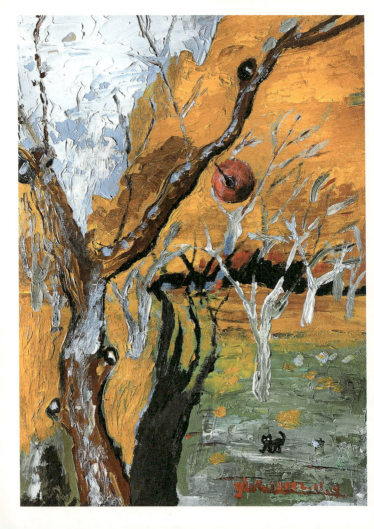

半是得意"。原来，不知为何黑猫也藏身于壁墓之中，就蹲在"我"妻子尸首的上方，当着警察的面，它的叫声暴露了"我"犯罪的铁证。至此，黑猫这个坚韧的能指完成了它的复仇，把"我"送上了断头台。或许我们也可以这样解释，一只来自"我"的无意识的黑猫，替"我"先后完成了"自我毁灭"和"自我惩罚"。"我"不断升级的暴力和最终对谋杀妻子罪行的供认，流露出的是一种破坏性的欲望和死亡冲动（妻子代表文明和建构的力量）。黑猫，作为无意识能指，它的存在破坏了叙述者的现实，迫使他面对内心深处的黑暗和逃逸理性世界的欲望。

如果说在《黑猫》中，主人公是通过杀死猫来实现逃逸，而在1942年雅克·特纳执导的美国经典恐怖电影《豹族》（*Cat People*）中，女主人公伊莲娜则是通过"成为"豹族而"逃逸"人类世。从"杀死"到"变身"，一些文化观念在悄然改变，电影更加接近德勒兹所言说的"逃逸”和“成为”。

在德勒兹和加塔利的《千高原》中，两位作者在谈到“成为动物”这个概念的时候，饶有兴致地提起1972年的美国电影《驭鼠怪人》——一人一鼠对抗人类的故事（他们当然也提到了麦尔维尔和卡夫卡）。其实，用电影《豹族》中女主人公变成猫人的惊悚事件，来说明“成为动物”的过程也未尝不可。

伊莲娜是一位塞尔维亚移民，居住在美国纽约。她在中央公园给一只豹子画素描的时候遇到了海军建筑师奥利弗·里德，两人迅速坠入爱河并结婚。伊莲娜内心却被自己家族的秘密所折磨，她相信自己受到一种古老诅咒的影响，情感一旦被激发，她就会变成一只黑豹。

伊莲娜的恐惧影响了她与奥利弗的婚姻生活。她拒绝与奥利弗亲密，因为害怕自己会变成黑豹并伤害他。奥利弗对此感到困惑和失望，他建议伊莲娜去看精神分析医生

《美酒加咖啡》

贾德。贾德医生认为她的恐惧只是一种文化心理情结，而不是所谓的诅咒。婚姻生活的困扰使得奥利弗和女同事艾丽斯·摩尔逐渐亲近，这加剧了伊莲娜的嫉妒和不安。伊莲娜的恐惧逐渐变为现实，在情感波动之下，她开始表现出黑豹的特征，并在一些场景中攻击他人。虽然伊莲娜模糊的身形始终隐藏在暗影中，攻击通常以间接的方式呈现，但观众可以感受到她内心的挣扎和转变。在影片的高潮部分，伊莲娜最终无法控制自己，在一场激烈的对抗中她变形为黑豹并攻击了贾德医生，负伤的伊莲娜也在笼子前默默地死去。

从德勒兹的理论视角来分析，吸引人们的不是心理症候、悬念或者巫术和集体无意识，而是"流动"的可能性。伊莲娜的"成为动物"体现了个体超越固定的人类身份，进入一种动态的、阈限的状态。在"成为"的过程中，个体能够脱离旧有的模式，探索新的存在方式。

　　伊莲娜成为动物的生理变化没有电影化的体现（除了声音和阴影的处理），也许如德勒兹所设想的那般——从"执着于一个狂热的念头"开始，到"当我听见自己说话，我同时听见动物咬牙的声音"，拥有之前从未知晓的听觉和视觉体验，到最终促成了"其内在潜力的实现"，取得了"可感知"的变化。这是一个在内在领域（一个没有外部干扰的纯粹潜力和变革的空间）发生的，一个向弱势运动的过程。和酗酒、吸食毒品和服用精神类药物不同，"成为"的过程是主动迎领和有意识参与的。正如卡夫卡《变形记》里的格利高里，伊莲娜的变形是令人恐惧和可怕的，但也是无意识所渴望的。

　　1982 年翻拍的《豹族》是由保罗·施拉德导演、娜塔莎·金斯基主演的电影，大卫·鲍伊的片尾曲尤其让人难忘。一切都从伊莲娜和哥哥保罗在新奥尔良的重逢说起。不日，保罗在外出猎食的时候现出兽性，咬死了一个妓女，之后他被送到动物园。伊莲娜心有灵犀地来到动物园写生，结识了动物园园长奥利弗。之后，保罗逃脱，回到家中，他向伊莲娜说出家族的秘密，兄妹两个都是豹族的后裔。他们平日混迹在人群之中，但在激情释放时就会变成豹子。保罗还试图向伊莲娜求欢。根据古老的迷信传说，豹族的兄妹之间的肉体结合是注定的，也是他们唯一获得救赎的方式。伊莲娜拒绝了保罗，后借宿在奥利弗家中，虽然两人感情急剧升温，但是，伊莲娜害怕自己在激情当中兽性大发，伤害奥利弗，始终不敢过于亲密。嫉妒得发狂的保罗找上奥利弗，被奥利弗的女同事击毙。之后，伊莲娜和奥利弗如愿以偿地共浴爱河，伊莲娜也果然在激情过后现形……

　　比起老版的《豹族》，该片增加了对于神话的探索，并更加直观地展现了人向动物转变的心理和生理过程：伊莲娜在夜里被体内的美洲豹的血液唤醒，潜伏在森林中捕猎动物，在梦境中回归远祖的昏黄沙漠、激情之后的精变……虽然整部电影更像是一个靠感官刺激来吸引观众的 B 级片，但是至少有一点是值得赞许的——在故事的结尾，伊莲娜不再在人和野兽之间摇摆，在释放欲望与维持人形之间，伊莲娜选择了前者。厌倦伪装的她最后在爱人面前，坦然地拥抱内心亟欲挣脱的猛兽，成为一只豹子，虽然她的余生不得不待在动物园里。她的选择比老版《豹族》中的伊莲娜更加主动和具有自觉意识。

　　所以，19 世纪的爱伦·坡和当代的奇幻叙事的暗合之处在于作者创造了一个空间，让人和动物都处在流动之中，不管是恶化还是进化，他们都超越了常规，获得了重新认识和定义自己的机会。或许，作为读者和观众，我们也会因此重新审视自己作为"存在者"的存在，并思考成为"他者"的可能性。

07

为什么　　　我们
爱看猫片

　　动物是如何进入人类的想象、象征体系、叙事和艺术表现当中？这些被建构为他者的动物如何在确立人类身份、塑造社群、打造文化和艺术上发挥了如此巨大的作用？这些文化表征与自然界和人类居住空间里的动物关系如何？它们在何种程度上影响了动物的生存现状？

　　人类幼年时期艺术和叙事中的形象以动物为主，而不是植物。4万年前西班牙的卡斯蒂略岩洞（El Castillo）中的岩画是智人抵达欧洲后不久创作的，上面的动物形象有鹿、狗、牦牛和猛犸。法国境内的岩画也有 3.5 万年之久。最早对猫的描画出现在古埃及文化中，巴斯忒是埃及神话里猫首人身的女神，代表着爱、美、情欲和生殖。巴斯忒的形象被埃及人制作成各种形态的青铜雕像。目前已知的最早的猫画是一幅来自古埃及城市萨卡拉（Saqqara）的壁画，可以追溯到公元前 3000 年左右。壁画上，一个女人抱着一只猫，背景中还有其他几只猫。

　　古希腊人爱戴的月神和狩猎女神阿尔忒弥斯是古埃及的巴斯忒在希腊文化中的化身，她有时也会以猫的样貌出现。和巴斯忒一样，她具有很强的生命力，是幼童和动物的保护神。古罗马诗人奥维德在《变形记》中讲述：众神为躲避恶魔，纷纷逃往埃及并把自己变成动物，女神戴安娜变成了一只猫。黛安娜即阿尔忒弥斯。

　　公元前 5 到前 6 世纪，位于意大利南部的古希腊殖民地雷吉恩和塔拉斯的铸币中都出现了猫的形象。其中，雷

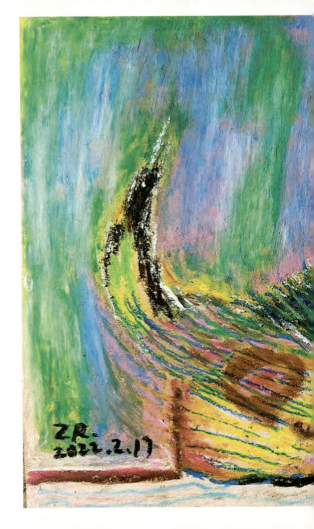

《喵眼》

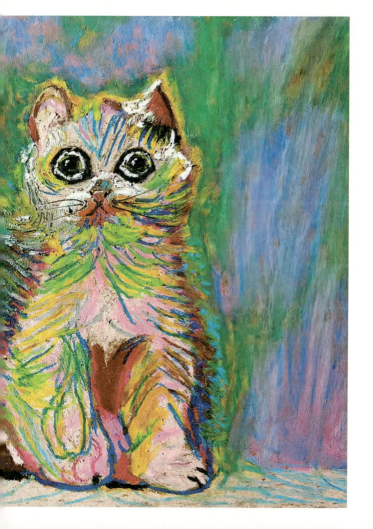

吉恩硬币雕刻的是一个坐着的男人，他是雷吉恩的奠基者伊奥卡斯托斯，在他坐着的椅子下有一只正在玩球的猫。大约公元前490年，伊特鲁里亚的一只双耳瓶上，一只猫在等待一个年轻人的投喂。在意大利那不勒斯的国家考古博物馆的藏品中，有公元前2世纪的古罗马庞贝城农牧神之家的两幅马赛克艺术品。在一幅画的上半部，一只猫正扑向一只鹌鹑。在另外一幅画中，一只猫期待地望着歇息在盆子周围的鸟儿，它牙齿裸露，爪子时刻准备扑上去。

在萨满教的口头传说中，动物不仅是自然界的一员，它们还是沟通可知和不可知世界的灵媒，人和动物之间可以相互转化和联姻。印第安的波尼人（Pawnee）把野猫看成星星的化身。澳大利亚的一些原住民部落把猫、蛇、龟和蝙蝠作为他们的图腾动物，也相应地称自己为猫部落和龟部落等。无独有偶，广东古雷州的俚、瑶、僮、侗、傜、黎等少数民族部落以狸獠獞为图腾，狸、獠、僮人都以猫作为自己的图腾崇拜物。后来对猫的崇拜转变成对狗的崇拜，所以，现在的雷州石狗形状都融合了猫的特征。瓦猫是云南少数民族地区的屋脊兽，通常放置在正门头的瓦脊、屋檐和屋顶等处，用来镇宅，威慑一切灾害、疾疫和四方鬼怪；此外，瓦猫还是招财猫，可以吞纳八方的财富，通过它中空的肚子，流入自己的家。

在战国时期，《礼记》中就记载了每到年底，天子就会备下牲礼来举办猫祭祀，用来答谢猫咪们每年捕食老鼠和保护农作物的辛苦。狸首是中国传统文化中的一种动物形象，通常被描述为具有狸猫头和人类身体的神秘生物。狸首在古代文献和民间传说中，常被描述为神秘的、有超自然力量的生物，能够预示吉凶、辟邪、保护家宅等。

西方中世纪，一些手稿中的猫插图通常用来讲述寓言故事、教授神学原则和道德启蒙。它们的形象怪异、比例失衡，有的还能直立行走，因此更像是长相潦草的人形动物，不像狗和其他动物被描画得那么友善和逼真。

17 世纪，猫在绘画中终于被还原为家庭中的宠物。到了 18 和 19 世纪，猫更加频繁地出现在画作中，勃鲁盖尔、弗朗西斯科·德·戈雅和夏尔丹等都运用细腻的手法刻画了嬉戏、打盹、打斗，准备偷鱼、偷肉的猫。猫在肖像中出现的频率更多一些，往往在儿童或女士的身边。法国画家让-巴蒂斯特·佩罗诺、弗朗索瓦·布歇、埃米尔·穆尼尔的肖像画中的猫与扇子和帽子的作用一样，是贵族优雅、闲适生活的象征。在法国画家雷诺阿的《女孩与猫》系列画作中，印象派的画风让皮肤白皙、衣着色彩柔和的女孩和猫形成了一个不可分割的有机整体。

法国画家让·弗郎索瓦·米勒在 1857—1858 年创作的《窗边的猫》（ *The Cat at the Window* ）中，描绘了一个惊悚的场面。月光穿过一扇开着的窗，照亮了一间卧室。一只黑色的猫睁着一双黄色的眼睛悄悄地从窗台跳下，和一个半躺在床上的男子四目相对。男人的鞋子放在床前的地板上，衣服放在一张椅子上。这幅画描绘的是17世纪法国作家让·德·封丹的寓言"变成女人的猫"。故事里，一个男人对他的猫咪着迷，将这只猫变成一个女人。后来他们结婚了，但是就在他们的新婚之夜，她从床上弹起来，追逐地面上的老鼠。这则寓言的大致意思是"狗改不了吃屎，猫改不了捉耗子"。在20世纪上半叶，夏加尔重新阐释了这个画面。在《变成女人的猫》中，窗户只画了下面一层，猫的身体已成人形，但脸部看上去还是一只猫的样子，仔细打量竟有着人的复杂表情。

20世纪，随着艺术风格发生的巨大变化，猫也参与了这场大型的实验运动，从1900年年初的现实主义到后现代艺术，猫作为艺术的主题越来越受欢迎。在毕加索的抽象画《龙虾和猫》（*Lobster and Cat*）和《猫捉鸟》（*Cat Catching a Bird*）中，猫更多地与疯狂、威胁、残酷的猎杀

《混搭》

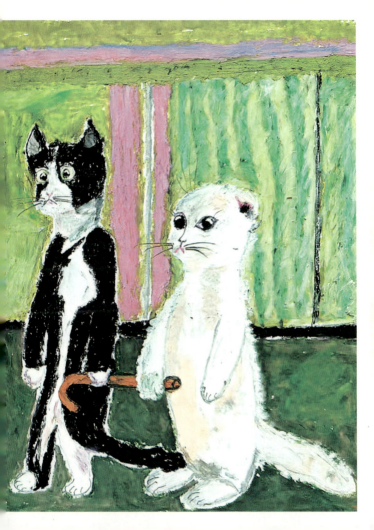

和权力有关。而安迪·沃霍尔的波普作品《猫》中，一只名为山姆的猫几乎占据了全部色谱，既夸张又逼真。

　　有趣的是，女性画家似乎更加关注猫和女性自身的关系，因此，猫更多地出现在她们的自画像里，包括墨西哥画家弗里达·卡罗的《戴着荆棘项链和蜂鸟的自画像》和德国画家洛特·雷塞斯坦恩的《自画像与猫》。猫和女画家的搭配并没有男画家笔下的闲适和优雅，而是衬托着各自的孤独、倔强和疯狂。出现在马塞尔·莱普林的画中，以画猫见长的苏珊娜·瓦拉东和她的猫正是这么一对儿绝配，自称"顽强是我的座右铭"的瓦拉东在画中俯身看向似乎更加顽强和倔强的猫。西班牙/墨西哥女画家雷梅迪奥斯·瓦罗的《同情》中的超现实主义风格，仿佛是吸收了猫的神秘力量。在表面上，她描绘了一个轻松的场景，一只淘气的猫跳到桌子上，撞倒了一个杯子，再仔细观察这些细节，就能发现它的魔力——溢出的液体喷出烟雾，从地板上诡异地冒出来。女人和猫在"复杂的占星术"中发出金色的光芒，并融为一体。

　　日常生活和大众文化中动物的意象更是无处不在——童书、动画片、电影电视、广告、商品、邮票、明信片、吉祥物、电子游戏和表情包。倔驴、铁公鸡、吹牛、蠢猪、狐狸精、狗咬狗、狼狈为奸、房间里的大象这些鲜活的词汇让我们的表达和交流特别传情。动物和民族性、地域性在象征层面的结合是带有共性的文化操作。大熊猫代表中国，鹰代表美国，考拉代表澳大利亚。运动会上，动物吉祥物可以把语言不通的运动员和观众凝聚在一起。吉祥物通常会强化这个动物的某个特征来表现举办方国家和人民友好、接纳的气度，以及运动精神。大学、球队、家族的徽章和标志也多以动物作为原型，但我查阅的结果是以猫作为吉祥物和徽章的比较稀少。估计猫比较慵懒，不太能体现竞争意识和运动精神。

　　这些动物意象不仅能代表某种特质、表达某种价值观，而且能帮助人们达成意愿。小动物表情包可以成为你的公关策略，当你要拒绝一个朋友的邀请，如果在生硬的文字后面顺便附送一个长着可怜兮兮的大眼睛的哈基米，也许你的朋友会更快地原谅你。穿着动物服装兜售商品和商业广告中打动物牌，往往也会收获不俗的成绩。但有些时候，广告中的动物和售卖的商品没有丝毫关系。用泥鳅比喻润滑油的润滑功效，用育儿袋里的小袋鼠暗示汽车的舒适安全，用刚出生的小狗让消费者联想起皮具的柔软本来就够牵强和可笑了。更加讽刺的是，我们经常会在炸鸡店看到欢快起舞的鸡，饭店招牌菜单上主动投入沸水的牛蛙，以及龙虾外卖的盒子上手持一副刀叉的小龙虾贴纸。

　　卡通片是靠着动物形象来支撑角色和剧情的。兔子罗杰、小猪佩奇、小鹿斑比、斑点狗、小飞象、唐老鸭和米老鼠都是我们从小看到大的卡通形象。与狗、猪和大象等寓意容易达成共识的动物相比，猫在卡通片里的形象更加复杂。《加菲猫》里懒惰、机智和幽默的加菲猫，《猫和老鼠》里老是被吉瑞鼠调戏的汤姆猫，《哆啦A梦》里的机器猫，《猫公爵一家》里的贵族猫，以及《穿靴子的猫》里的普斯，它们的性格和特质都很鲜明。但是，大家可能不知道的是，在很长的时间内，猫都是以反派形象出现在迪士尼的动画片里。

皮特是早期迪士尼动画片中出名的反派，它第一次现身是在《爱丽丝喜剧》里，在米老鼠出现之前，它还是一只熊，后来演变成一只猫。皮特是米老鼠的死敌，总是试图以某种方式伤害米奇或其他亲社会的角色。在《飞奔的高乔人》中，它绑架了米老鼠的甜心米妮。皮特的恶意行为受到严厉的惩罚，也是剧情自然发展和大快人心的事情。在1932年的《建造一栋建筑》中，米妮把热煤倒在皮特的裤子里；在1942年的《唐纳德应征入伍》中，皮特多次被射杀；在1942年的《消失的海盗》中，一堆拉开的手榴弹落在了它身上。在所有这些动画片中，皮特猫所经历的伤害被处理得诙谐和欢快。

比猫更惨的是爬行动物和昆虫。在动物链中处于低级地位的动物通常被赋予邪恶和破坏的力量，像《小小飞虎队之大峡谷历险记》里的蜥蜴乔安和《罗宾汉》中的蛇大臣唏嗖等。但是也不乏反其道而行之的，包括《忍者神龟》中的隐者龟和它们的大老鼠老师、《功夫熊猫》中的龟大师和螳螂师兄、《龙猫》和《小猪佩奇》中的仓鼠，以及《夏洛的网》中的蜘蛛都是正面的形象。夏洛是一只聪明而关心他人的蜘蛛，她是一个充满智慧和善意的女性形象。夏洛用她的丝线在威尔伯（一头小猪）的猪栏上编织了一张网，这段赞美的文字彻底改变了威尔伯作为一只肉猪的命运。

媒体中的动物形象是被人生产出来的表征，是可以取代直接经验的象征体系，它们是那些生活在城市里的孩子们学习和接触自然的一种方式（希望不是唯一的方式）。这些动物形象将影响人的一生，它们帮助我们认知自我和世界，同时也改变了我们"看"和"想"动物的方式。从形成道德认知、普及动物和自然的知识，到培养环保意识，都起到了潜移默化的作用。动物世界中的人物关系、家庭结构和价值观所复刻出来的，往往是人类社会的状态和取向。跳龙门的鲤鱼是告诉人们要志存高远。《好猫咪咪》里的咪咪得到的教训是做人不能好吃懒做。《加菲猫》则似乎在说，吃点、喝点、懒点、乐点都不是问题，做人做猫最重要的就是开心。《小马过河》的寓意是别人的经验不一定可靠，遇事要动脑思考，自己去尝试。安徒生的《丑小鸭》告诉人们，刻板印象往往是带有偏见的，独特并不是一个缺点。《蓝皮鼠和大脸猫》在一系列冒险经历里彰显的是善良、真诚和勇敢等品质。《蓝猫淘气三千问》，直接就是一个科普的动画片。总而言之，这些动物形象是为弘扬善、增长学问、教化品德和激发共情而服务的。当然，也有不少拟人化的动物在卡通片里表现的是动物本身——它们的需要和困境，目的是唤起人们对动物和自然的责任。《小鹿斑比》中，在森林中过着和谐生活的动物，却时刻面临着人类的威胁。斑比因此失去了亲爱的妈妈和最要好的朋友戈波。《森林谷：最后的热带雨林》，讲述了热带雨林面临着砍伐和污染的故事。在《树篱之上》中，一群森林动物从冬眠中醒来，发现一个巨大的人类社区正在侵占它们的栖息地……

当人们塑造动物和讲述动物故事的时候，往往不可避免地把动物作为他者来映射人类自身，其体现的往往是人类对动物的偏见和刻板印象，以及人类中心主义所建构的特权。动物的独特习性、境遇、差异及动物的主体性被忽视，不仅习语和俗语中的"熊瞎子掰苞米""狗改不了吃屎"让动物蒙受了不白之冤，动物丰富的属性也因此被固化和脸谱化。将调皮的孩子称为"熊孩子"，虽然是一种亲昵的嗔怪，但人们把孩子的顽劣和野性、难于教化等归于动物属性是有失公允的。卡通世界中，当人们说到熊，就会想到泰迪和维尼，说到猪就是佩奇。这些动物形象，成为鲍德里亚所说的"超真实"拟像，篡夺了动物的本体，动物本身反而变得并不那么重要。动物进入被设定的主体模式，成为人类想象中的动物。

此外，对动物的刻画也一定程度反映着人类的思维、心态以及人类之间的关系。一说到黑猫警长，人们自然会认为这是一个"他"。黑猫警长没有自己的名字，警长这个职位代替了个体的身份和生活。《穿靴子的猫》里普斯的名字是去掉猫（女性生殖器）——"pussy"里"y"而来的，去掉了猫的女性化特质，普斯果然被营造成一个充满阳刚之气的西部牛仔。而《葫芦娃》里的蛇精和《天书奇谭》里的狐狸精被自然地认为是女性。"妈妈"在动画片里通常是善良的、整天忙着照顾家庭的动物设定。如果这些虚假的刻板印象成为人们对动物的唯一认知，不仅动物的真实境遇被掩盖，而且也将导致人类社会的陈腐话语和陈旧社会结构得到复刻和强化。

还有一个有趣的现象，很多人认为动画片和童话故事的受众低幼化，而那些动物形象代表着童年美好的回忆。过了儿童期，人们就不必再去动物世界寻找人类经验了。寒假我去看了《熊出没·逆转时空》，环顾四周，我发现一个奇怪的现象，观众中大部分是幼儿园的孩子，要知道，影片逆转时空的剧情其实是超过低幼孩童的理解能力的。小学生家长都可能认为这片子太幼稚了，他们情愿带孩子去看成人片，受到"更高级的教育"。本来拍给小学生的动画片却没有小学生来看，这是影片定位的问题，还是当下教育早熟的问题呢？

　　社交媒体让宠物的主人与全球观众分享他们动物朋友的照片和视频，产生了许多以动物为专题的社交账号、标签、短视频、表情包等。在社交媒体时代，对猫的关注度极大地超过了其他动物。社交媒体的能见度放大了猫作为可爱、有趣和富有灵性的动物的新形象，它们的拟人化也越来越得到塑造和强化：干饭的猫、会说人话的猫、会使用人类厕所和各种身怀绝技的猫、模仿影视剧人物的猫等等。

　　2015年的一项调查显示，猫片带动了约15%的互联网流量。也就是说，在大约46.6亿人经常"冲浪"的互联网中，每月有6.99亿人在搜索猫或与猫相关的内容。不用说，猫科动物已经把"猫"变成了时代精神。猫数据是非结构化数据，即没有预定义模型或不容易统计的数据。世界上大约90%的数据都是非结构化的数据，包含猫的视频、照片和音频，很像家里的猫毛——直到开始试图处理它们，你才会意识到有多少。2010 年，据估计，互联网上有 13 亿猫的照片。今天，这个数字预计将超过 65 亿。JPEG 图像大小在 3.5MB 到 7MB 之间——你可以算一下！仅 2014 年，"油管"（You Tube）上就发布了 200 多万段猫咪视频，浏览量超过了 260 亿次。8 年后，"油管"上的猫咪视频数量激增至数千万个。"抖音"每时每刻都有猫的视频在更新——一段名叫"帕基"加菲猫的视频点击量超过了 1 500 万次。"两只交谈的小猫"（"The Two Talking Cats"）这个视频展示了两只猫相互"交谈"的有趣场景，吸引了成千上万的猫爱好者和观众。一只因独特长相而闻名的 Lil BUB 猫拥有近 150 万"脸书"粉丝。Lil BUB 猫来自美国，患有短小症和无牙症等多种遗传性疾病。尽管健康面临挑战，但是它的大眼睛和常常伸出的舌头，以及积极乐观的态度使其成为互联网上的明星猫。国内一个名为"灼灼"的猫因为善解人意的"猫设"，也吸引了四百万的粉丝。事实上，行业研究表明，互联网用户发布猫的照片或视频的数量是他们在网上发布"自拍"的两倍多。

猫片还产生了很多相关副产品和拓展领域。"油管"上可以搜索到给猫看的视频节目和给猫放松心情的音乐，甚至每年还有针对"网络猫"的现场电影节，包括明尼阿波利斯和芝加哥的网络猫视频节，以及洛杉矶猫电影节（2015）。每年有成千上万的人参加猫漫画节（CatCon），同时还吸引了《纽约时报》和《名利场》等主要媒体的报道。现在，生成式人工智能帮助人们创建各种内容，猫图像和猫片成了人们喜爱的素材。CatGPT、GPT-Meow和GPT-Furr都在使用人工智能的大型语言模型LLMs和一个集成的"元模型"来创造人猫互动的智能反应和动画猫片。

很难确定这个世界上有多少非结构化的数据是猫的内容，哪怕从现在就开始，你仍然不能在你有限的一生中消费互联网上所有的猫的内容。你点进一个视频，就像掉入

《窗台》

一个无底洞，等你从这些粉红色的泡泡里醒来，大把的时间已经过去了。我们莫名其妙且饶有兴致地看着小猫第一次发现自己居然长了一条尾巴，一只慵懒的蓝猫每天都狂揍一只柯基狗……

猫现在甚至都能制作自己的视频了。《纽约时报》报道，"可穿戴相机技术的兴起（尽管最初的消费对象是冲浪的人而不是宠物）导致了一种猫片的小众风格"。高分辨率的项圈摄像头可以让猫直播它们的冒险经历，比如"基特斯和他的朋友们"在 Instagram 上有超过 100 万的粉丝。就在我们说话的当儿，数据正在爆炸式地增长。

现在"猫内容"产品是个热门的产业。在猫片的背后，是渴望成为流量明星的宠物主和宣传团队。"暴躁猫"就是一个完美的例子——仅在 2014 年，它就在"油管"的广告中赚了 2 万美元。来自日本的"盒子大师"Maru，它的"油管"广告收入已经达到了六位数。"猫内容"产品可以带动旅游业、出版业和文创业、宠物相关行业，以及增加家庭收养小动物的数量。英国消费心理学家爱伦·布朗斯威特（Alan Branthwaite）曾经断言，我们的经济已经成为一个围绕"视觉关注"（visual attention）组织的体验经济（the experience economy）了。情感和生动的图像在塑造人们的情感和认知方面发挥着强大的作用。我们直接对意象作出反应，从情绪和直觉等方面来体验它。北卡罗来纳大学教授斯达莱特在《暴力和意象的修辞》一文中说，图像是一个基于惯例的符号系统，一种复杂的视觉修辞形式，具有改变我们集体情感的力量。因此，人们为此买单也是一种顺应时代需求的、新型的体验和情感消费。

处在"关注"旋涡中的动物形象，对于动物是有益还是有弊，取决于如何表现和如何阐释。对动物拟人化的处理，拉近了动物和人的距离，改变了动物单纯作为人类食用肉类或者凶恶猛兽的概念，有利于动物保护，也可以把人类团结起来，让互联网上不相识的人们瞬间共情。比如，前一段时间，由于一只猫的类似人类唱歌的独特叫声而引发世界各地的音乐爱好者和从业者——共同创造了一个环球音乐接力活动。《别惹猫咪：追捕虐猫者》（*Don't F**k with Cats: Hunting an Internet Killer*）是 2019 年美国的一部犯罪纪录片，讲述的是加拿大谋杀犯卢卡·罗科·马尼奥塔谋杀中国留学生林俊的真实经历。这个连环变态杀人案的告破，还要归功于一些网络义务警察对于"卢卡虐猫事件"的持续关注。2010 年，一个《一男两猫》的虐猫视频在网络上发酵。义愤之下，之前一些素不相识的动物保护者们在"脸书"上设立小组，竭力从视频中找出细节，挖出肇事男子的真实身份。这一系列自发举动，居然无意中帮助警察破获了"林俊被虐杀一案"。此外，对动物的喜爱和关注，还可以帮助动保组织筹集资金来支持动物收容所和其他与动物相关的事业。

观看可爱的动物视频的效果不亚于真猫真狗的陪伴。它们可以驱散消极的情绪，促进人与他人的联系。那些自己养猫的人也可能会因为他们与真实宠物的关系而更加爱好猫片。而且，观看者不需要铲屎和给猫绝育！尽管由于与网络猫没有身体互动，其情绪价值可能略低。但，这毕竟是一种低成本、容易进行的情感干预。

除了在网上观看与猫相关的媒体的情绪动机外，新闻报道还称，许多人在网上观看猫的视频是为了暂缓压力或不愉快的任务。在工作时间浏览猫片可能是一种"网络偷懒"，即俗话说的"摸鱼"。即使是在下班后，浏览娱乐媒体也可能是出于拖延的需要或欲望。反过来，沉迷猫片同样会增加人们对没有完成"更重要"或"更有意义"的任务的内疚感。如果动物视频只会带来无脑的娱乐和麻醉的幻觉，那和网络上的垃圾视频，甚至和色情片有点类似了。

从更深层的意义上看，在这些传统和当代的媒体表征体系之下，动物变成既可见的，又隐形了。我们应该问问：到底看到了什么？他们如何影响我们对于动物的认知，促进我们对自然的了解。拟人化的动物形象是否可能起到了相反的作用？这种经过包装和篡改的动物形象会错误地诱导人们把真实的动物等同于虚构的意象。动物本身和动物的现实世界被当作遗迹清除了，成为缺席的指称（absent reference）。起码，在观看了越来越多的"我怀疑我家猫/狗是人变的"视频后，我就越来越怀疑我家的"逆子"到底还是不是一只猫了。在"毛孩子"的称呼和"通人性"这样的包装下，让人对陪伴动物有了不切实际的想象和期待。那些不萌、不黏人、不会"两下子"的动物仿佛失去了作为动物的存在理由。这也是为什么很多人会在最初的热情消散之后，或者遇到具体困难的时候会轻易选择弃养家里的猫和狗。对拟人性的偏爱是人类的权力结构的产物，要知道，动物的价值不在于像与不像人、亲与不亲人，它们也不是一个整体，而是具有各自天然的属性、特征和存在方式的个体。媒体形象使得动物成为人们注视的中心，反而让我们看不到动物。它们更多的是言说人类，沟通人类之间的关系，而不是动物的关系。让人们忘掉这些动物是被消费、被捕杀和被虐待的个体。

濒危动物在拟像中表现出快乐和繁荣，这可能会让公众对这些动物的保护状况产生一种虚假的安全感，从而降低保护它们的紧迫性。同样，以一种可爱的方式描述入侵物种，可能会减少人类对控制或根除这些物种的需要。更严重的是，拟人化的动物视频在某些情况下会伤害到动物。如果只是通过剪辑、拼贴而让动物呈现出现实中不存在的"人性"是善意的谎言，那么通过威逼、强迫和暴力手段来获得某种拟人效果就变得邪恶了。让猫穿上复杂的衣服、长时间地配合拍摄就不人道，通过让动物挨饿，再去引诱它们去吃平时不大会吃的食物，或者强制训练它们直立行走，再完成高难度动作则涉嫌虐待了。

　　动物视频中的人和动物的互动行为，如果在现实生活中被盲目模仿，就会给动物带来压力和伤害，引起它们的应激反应，从而伤害人类。过分亲近野生动物更是一种危险的行为。现实中，人类主动亲近动物被咬伤之后，网络上又掀起"杀猫杀狗"呼声的案例屡次发生。对动物的支配幻想又转换成恐惧幻想，人类在其中彻头彻尾看到的和想到的只是他们自己。

　　网络上大量的猫片是"后真实文化"的一个真实缩影，人们已经看不到没有经过媒介处理过的真猫真狗和真实世界了。真实世界的动物和人的关系也不可避免地受到新媒体中动物形象的塑造，关注真实的动物境遇已经变得越来越难。

08   进入   哲思的 猫

     我还记得高中历史课老师抛出的第一个问题：人是不是动物？我们说是，人是高级动物。老师吹胡子瞪眼，那你们为什么不住在动物园里？一时间大家面面相觑，那人到底是不是动物呢？直到毕业，老师也没能给出一个满意的答案。事实上，这个问题对于科学界和哲学界来说也是一个棘手的问题，一些学者选择使用"非人类"动物来指代地球上除了人类之外的动物。

     回想起来，老师为什么在历史课上首先提出这个问题还真是富有深意。人和动物的界限是人类要解决的首要问题，而且不管人类如何想要脱离动物界、确立人类身份，人类历史上主要的关于人的界定，必定是参照动物来设定的。阿甘本的《敞开：人与动物》一开始就指出，一个人类自我指认的尴尬境遇：人实际上不存在一种实质性的界定。人和动物的区分不在于人之外，而在于人的内部。为了与动物相异，人必须努力地创造出一个界限，将自己在分类学上架构为人。从西方传统为人之为人和人的自决所作的巨大努力上来看，人类其实一直行走在动物性和神性之间一条脆弱的钢丝上。

人和动物的刻意划分并不是必然和天然的，希腊罗马神话中的角色都同时兼有人、神和动物的属性。阿甘本在《敞开》之中提到古希腊神话中的喀戎，一种高于人类的人马。前基督教文明的挖掘也提供了大量的证据，在基督教诞生之前，人和动物并没有明显的界限，比如人畜同葬的习俗，波罕斯浪和翁厄曼兰岩画中的人和动物性行为的场面，等等。不管是古老民族的传说还是佛教中的六道轮回，都似乎支持人和动物转换形态的叙事。人和动物亲密关系在人类的命名上也可见一斑，将牛、马、龟、猪、狗作为人的名字在很多早期文化中都很常见。中国民间，人们倾向于认为某种动物属相和出生在那一年的人有着必然的关系。大量的动物寓言和隐喻，更是利用了人和动物的天然的亲缘关系来制造文化意义和价值观。

人和动物的分野是基督教和启蒙运动的产物。在犹太－基督教的"旧约圣经"中，上帝赋予人类任意处置动物的权力。《旧约》中所描述的人类产生、堕落以及早期发展史，都在传达一个不同于希腊和美索不达米亚神话的信念，即人类才是宇宙的中心。圣奥古斯丁和托马斯·阿奎那也延续了这个基本观点。在柏拉图的哲学中，动物通常被视为低于人类而存在，因为它们缺乏人类所独有的理性和自我意识。在他的观点中，动物为一种较低形式的生命，其存在是为了满足人类的需求。笛卡尔的经典断言更是在哲学领域奠定了人文主义的基调，在肯定了人内在的理性之光的同时，他宣布动物为没有理性和情感的简单的自动机器。17世纪，法国的马勒布朗士神父试图将圣奥古斯丁与笛卡尔的思想进行整合，更加强化了他们共同的动物观。康德认为，动物不像人类那样是理性的存在，缺乏道德推理或自主的能力。然而，他却肯定动物具有内在的价值，人类有责任尊重动物，避免给它们带来不必要的痛苦。黑格尔认为，动物不像人类那样是理性的存在，它们缺乏理性、道德和自我意识的能力。他认为，人类与动物有根本的不同，并且相信人类拥有自我决定和自我实现的独特能力。然而，黑格尔也相信动物拥有一种精神性的生活，在自然秩序中占有一席之地。

　　动物是否有感觉，人是否应该人道地对待动物的

争论，一直是欧洲伦理学和哲学领域的重要话题。让-雅克·卢梭①、伏尔泰②、亚历山大·蒲柏③、列奥纳

---

① 让-雅克·卢梭（1712—1778），法国数学家、哲学家、思想家和文学家。在《论人与人之间不平等的起因和基础》（*Discourse on the Origin and Foundations of the Inequality Among Mankind*）一书中，卢梭描述了人类从自然状态向文明状态的发展，以及政治社会和不平等的产生根源。他将自然状态追溯到一种原始人或近似动物的状态。卢梭认为，两个先于理性的原动力——自爱和怜悯至关重要。动物虽然没有智慧和自由意志，因而不认识自然法，但是动物"赋有感觉"（sensibility），因此，人类也应当对它们尽某些义务。我们之所以不应当伤害同类和其他生命，其理由，似乎不在于他是否有理性，而在于他是否有感觉。人和动物的共同之处，以及人类的天性至少应该赋予一方不受另一方不必要的虐待的权利。

② 伏尔泰（1694—1778），18世纪法国启蒙思想家和文学家。在《哲学辞典》（*Philosophical Dictionary*）中，他驳斥了把动物看成没有感觉的机器，只能按照单一的模式来生存的看法。他认为动物有痛苦、快乐、记忆和一定的想法，它们会按照环境的变化和自身需求来调整行为和习性。

③ 亚历山大·蒲柏（1688—1744），英国著名诗人、思想家。在《论人》（"An Essay on Man"）一文中，他将人类和动物摆在同样的地位，以此为上帝对待人的方式而辩护。在自然的链条中，人类不是唯一的统治者和受益者。

多·达·芬奇①、约翰·斯图尔特·穆勒②、杰里米·边沁③

---

① 列奥纳多·达·芬奇（1452—1519），意大利文艺复兴时期杰出的艺术家、科学家和思想家。他在《笔记》（*Notebooks*）中指出，动物和人一样，都是世界的意象。人拥有话语的权力，但多数都是虚假和无用的，动物的话语权有限，但都是真实和有用的。达·芬奇也因此成为一名素食主义者。

② 约翰·斯图尔特·穆勒（1806—1873），英国著名心理学家、哲学家和经济学家。在《功利主义》（*Utilitarianism*）一书中，他指出在任何特定的情况下，正确的行动将是倾向于减少所有利益相关方的痛苦，并将快乐和幸福最大化。而动物的痛苦、快乐和幸福应该包括在这个考量当中。

③ 杰里米·边沁（1748—1832），英国哲学家和社会学家。边沁被认为是最早自觉将道德地位与法律保护扩大到动物范围的西方思想家。在《论道德和立法的原则》（*An Introduction to the Principles of Morals and Legislation*）等著作中，边沁提出了自己的道德哲学——一个行为是否正确，取决于它所引起的快乐或痛苦程度。根据这个观点，边沁认为，功利原则必须把有感觉的动物考虑进去，并批评那些习惯对动物施加痛苦的人是暴君，"问题的关键不在于它们能否推理或说话，而在于它们能否感受苦乐"。由此，边沁明确提出应从动物自身而非人类利益出发善待动物。

和查尔斯·达尔文①等人都从不同方面论证了动物的道德权利，为日后的动物权利运动以及文化研究的"动物转向"奠定了基础。当然不管对于哪方来说，这些争论的内核仍然在于人确定无疑的主导地位，除了像英国小说家乔纳森·斯威夫特这种极端愤世嫉俗的人，他的小说《格列佛游记》对丑恶的"雅虎"的描述被当时的评论家指责为充满"令人无法忍受的人类厌恶"。这句评语有点多余，"人类厌恶"无论如何也不能让"人""可以忍受"。小说中第四次旅行的见闻，使得主人公成为慧骃国里的马民的拥趸，以至于在远航归来之后，他离群索居，只肯去马棚

————————

① 查尔斯·达尔文（1809—1882），英国生物学家，进化论的奠基人。达尔文的进化论彻底改变了人类对于动物的认识。《物种起源》开启了有关生命起源的一个新的知识谱系。他认为，一切生命相互关联，来自一个共同的祖先：鸟类和香蕉，鱼类和花卉都彼此相关。人和动物的能力差异是程度上而非性质上的，动物也有情感、注意力、想象力等。这些观点冲击了之前学界认为人与动物在认知方面存在鸿沟的观念。

和马聊天。后世学者中有人刻薄地称其为恋兽癖。同样是写人和马，托尔斯泰的批判则更加温和，在《霍尔斯托梅尔：一匹马的故事》里，他以一匹马的视角观察人的身份、信念和习惯。在其中一个段落里，他表达了对人类的刑罚——鞭挞的底层逻辑的思考，在另一个段落里，他奚落人把动物视为一己之财的执念和贪欲。

蒙田花费了大量的笔墨来书写动物。在他的《随笔集》中，《雷蒙·塞邦赞》《论父爱》《论残暴》《论三种交往》等多个篇章都以一种同情和赞赏的口吻来描述非人类的自然世界，甚至得出"人不如动物"的论断。虽然蒙田终究跳不出"以人为本"，但他似乎不介意将主体性走私给动物伙伴。比如，他说狗比人类更能感受到和看到自己身处世界的污秽之中。一只狗可以在部分填满的油桶中放置石头，以便在油上升到顶部后舔食；一种泰勒斯的骡子，当背负装满盐的袋子时，它会自己跳到河中，让盐溶化以减轻重量；坎迪亚的山羊受了箭伤，会在百万种草药中挑选出地肤草来治疗；狐狸会"把耳朵贴近冰面，听听下面流动的水声是近是远"；金枪鱼的生活方式透露出它们对数学的三个部分有着独特的了解；马是一种高贵的动物，可以帮助人类提升自我。蒙田还以蜘蛛的网为例，佐证人类的创造力源于对自然的模仿和超越。

　　蒙田爱猫，他和猫之间的小小互动是《随笔集》中最吸引人的段落之一。不夸张地说，蒙田逾越同时代人的思想归功于他的猫—— 一个16世纪的小家宠。它在乡村庄园里惬意地生活，它总是在蒙田忙碌的时刻找他玩耍，也许是他振笔疾书的声音吸引了猫的注意；它试探性地用脚爪朝移动的笔杆抓了几下。蒙田看着它，或许一时间对它打断工作的行为有些不悦。但很快他就屈服了，他倾斜笔杆，用有鹅毛的一端在纸上扫动着，逗弄猫儿追逐。它一阵猛扑，脚掌的肉垫沾到最后几个字的墨迹，几张纸滑落

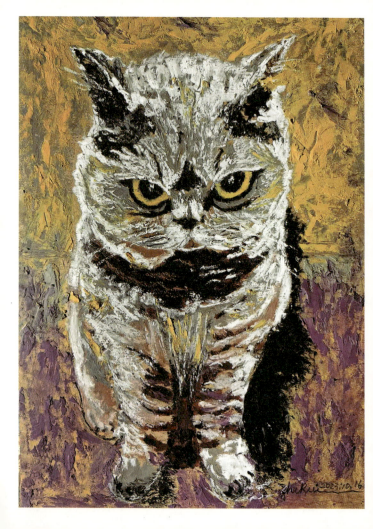

到地面上。他们互相对望，而就在此时，蒙田穿越了彼此的生物隔阂，从它的眼中看到了自己。蒙田自嘲地发问："当我跟我的猫玩耍时，谁知道是它在陪我消磨时间，还是我在陪它消磨时间？"停下工作陪猫消磨时间，让蒙田出让了自己的决定权和选择权，顺从了猫的时间表，参与了由猫主导的游戏。"我"退居被动接受的一端。有了这样的引子，蒙田就顺势抛出随后的论点，比较人类和动物的语言和交流能力。其结论是人类和动物的语言能力无法轻易区分，动物也能够表达、交流和思考。在《雷蒙·塞邦赞》中，蒙田讨论了通常被认为是人之所以为人的基本特质：比如语言、理性、利他主义、共情、拥有灵魂。接着，蒙田运用列举的方法来破除对人类／动物语言区别的观点。他说"在某种狗的吠声中，马知道其中有愤怒"，甚至在那些没有声音的动物中，通过它们之间互动，我们很容易推断出它们使用的是另外一种交流方式。如此反观人类，也许我们引以为傲的理性并不值得赞叹。一个后人类主义的问题就这样抛出来了：人类将自己等同于神，从其他生物的大军中挑选自己并将自己与它们分开。

从蒙田身上，我们就看到善待动物对人类的反哺力和仇视动物的反噬力，蒙田也是这样无差别地爱着人类。在《随笔集》的第三十章中，蒙田描述了他遇见的两个畸形人，一个是连体婴儿，一个是没有生殖器，但身体上有三个孔的男人。然后他说：我们所谓的畸形，在上帝眼里不是畸形。上帝的创造无边无沿，他所看到的形态也无穷无尽。在《论食人族》中，他探讨了文化差异和相对主义问题。他的结论是欧洲文明并非优于其他文化，每个民族都有其独特的价值观和生活方式。反过来，人类中心主义和种族歧视、性别歧视、阶级主义、成人中心主义是同一逻辑。可以说，恨动物者必恨人。也许他们也会爱某些人，但这爱必是以恨另外一些人而产生价值的。对动物的不公

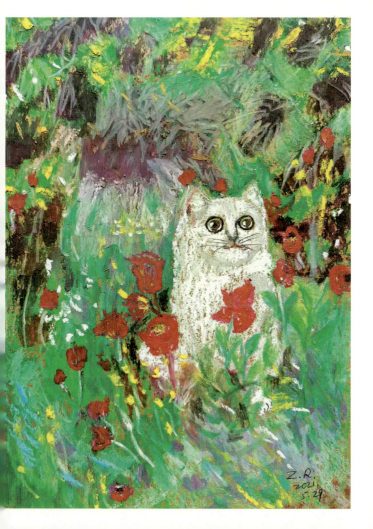

正植根于霸权的思维定式中，这些观念在人类内部也会作出区分，比如将男性、白人、本地人、本宗教、本民族作为经验和价值的中心。

通过斯威夫特和蒙田的作品，我们可以看出，虽然自古希腊和启蒙运动以来，现代主义和人文主义的模式长期主导了生物学、医学和其他自然科学以及哲学等人文学科，人类至高无上的意识形态不断地在各个方面得以固化。但是，现代主义和人文主义从来都不是一以贯之的一股潮流，它包含着多种相互斗争的现代性。现代主义对科学和理性持守的同时，也在不停地审视自身所携带的问题。人类作为意义价值、知识和行为的中心地位不断经受着自身的挑战。哥白尼把人类的家园回归为宇宙中的自然实体，达尔文把人类的起源回归为动物的进化，弗洛伊德把人类的本真归因于无理性的混沌欲望……每一步都在去除人类作为上帝的宠儿和高等造物的幻想。

尼采，作为超人的狂热信徒，对于普遍意义上的人并不是那么热衷。他说，从前，在宇宙的某个偏远角落里，散布着无数闪烁的太阳系，在一颗星球上有一个聪明的生物发明了知识。这是"世界历史"中最自负和最虚伪的一刻，即便如此，它仅仅是一瞬间……（人类如此庄严地看待他们的智慧）——好像世界的轴心在其中旋转。但如果我们能与蚊子沟通，便会发现它同样带着庄严飞翔于空中，它感觉到自己内在有飞翔的宇宙中心。尼采在古希腊神话中的半人半兽的萨蒂尔身上，看到了在基督教驯化人类之前那些顺应自然规律、不受社会规范和道德约束，自由地表达自己的意志和欲望的"自然人"的原型。

梅洛－庞蒂（Maurice Merleau-Ponty）在《可知和不可知的》（*The Visible and the Invisible*）中指出在进化的过程中、在现实的动态涌出中存在的本质野性，以及所有生物和事物之间的交织关系。像所有其他生物一样，人类就包含在这个世界的"肌体"中，沉浸在"个体通过分化形成的空间和时间的浆糊中"。

给人以致命一击的是福柯。在福柯那里，人只是一个近期的构思，是历史建构，而非恒定不变的中心，因此，"人之死"是主体性意义上的人的消失，"人将被抹去，如同大海边沙地上的一张脸"。这个断言对人类主体地位和人类中心主义来说是致命的颠覆，也是对大写的"人"的消解。此外，将福柯的生命政治概念类比或扩展到动物身上也非常恰当，在一个人类的身体成为被控制、被标记、被规训的政治之下，动物更是人类施加绝对意志的合法场所。

如果说福柯是从文化考古和生命政治的角度来看待动物，德里达则会从现象学和符号学的角度来思考动物。从他的逻各斯中心主义的概念中，我们可以推导出他对动物的一般性定论，动物在文化中是被视为存在于人类之外的

"他者"，动物与人类的界限是通过语言和象征性结构来构建的。人类中心主义因此被包含在整个西方的逻各斯中心主义的范畴之内。

德里达的演讲稿《我所是的动物》（*The Animal That Therefor I Am*）反思了他在自己的猫面前裸露的体验，这位解构主义大师之所以在猫面前惴惴不安，是因为猫的凝视是"一种无法被人类完全理解的他者的凝视"。他本能的反应是感到羞愧，但随即他意识到，在动物的注视中感到羞耻似乎有些荒谬，因为动物没有穿衣的概念，也不会因为裸体而羞耻。一个更大的不安是他发现自己被剥夺了能动性，从施动的主体变成被动的客体。这是对人类本来位置的重新发现，因为"被动"是自笛卡尔以来，到边沁、海德格尔和列维纳斯，一直被认为是动物的特征。这种体验让他开始思考自己的身体在动物眼中是如何被看待的。在猫的视线下，人类的主宰地位岌岌可危，因为它无视了

通常定义人类身份和尊严的社会和文化规范（和猫的小小
对峙，如果换作狗或者其他家养宠物，我估计对于哲学家
的冲击力不会如此深刻）。

德里达的"羞耻"和"惶惑"动摇了将人类置于中
心的哲学和伦理。然而，对唐娜·哈拉维来说，德里达
的羞愧未免有些矫情和敷衍。在《当物种相遇时》（*When
Species Meet*）中，哈拉维向德里达提出了一个问题，"那么
哲学家是如何回应（猫的凝视）？"她先是赞扬德里达是
人类中最具好奇心、最善思的一位。当然，她的重点在于
"然而"。虽然德里达力求探讨动物和人之间的施动和被
动，但他仍然有选择地言说某些问题，而回避其他问题，
并保持与笛卡尔传统无法割舍的联系。德里达没有对猫的
目光做出足够的回应，而是利用猫的目光作为材料来探究
西方哲学的谱系。如此有趣的相遇却没有提出更有意义的
问题，这让哈拉维为德里达感到惋惜。她说，在猫面前，

德里达没有尽到作为一个陪伴物种的简单义务；他并不好奇这只猫到底在做什么、在想什么，或者好奇某天它为什么在早上回头看他。

　　如何与动物相遇、如何设想一种超越人类已知经验的新的生活方式？如何通过文化框架将动物纳入我们的道德和伦理考量之中？哈拉维的一个策略是打破一统天下的"上帝视角知识"，使用"情境知识"重新认识世界。以这个视角来看，物种并非自然界中固有的实体，而是受制于人类的文化、政治和经济利益，因此物种的概念和划分并非客观和中立。在《灵长类视觉》（*Primate Visions*）中，哈拉维聚焦人类的近亲，进一步论述了动物与性别、种族和殖民主义等问题的密切关系。关于动物的科学叙事，往往反映了人类社会中的等级制度和权力结构。在《赛博格宣言》（*A Cyborg Manifesto*）中，她更是大胆地突破了所有以往的关于动物研究的谨慎限度，断言人类与动物并非

《魅影》

截然不同的实体，不仅相互依存，还可以有交集，甚至成为一体。她设想的赛博格既不是人类，也不是动物和机器，而是所有这些的集合。赛博格作为一种隐喻，其本意是打破二元对立，挑战本质主义的性别观念，提出一种更为流动的身份和一种更包容、更适应现代世界复杂性的女性主义。但同时，赛博格也包含了抵抗和颠覆人类关于动物的压迫结构的潜力。动物和人类的交集，就意味着人类将不能把它们作为人类社会的镜像。有一点我注意到了，哈拉维似乎对猫并不感兴趣，在《伴侣动物宣言》（*The Companion Species Manifesto*）和《当物种相遇》中，她花了很长的篇幅来谈论狗。以至于当我构想她的"制造亲缘"的画面时，那里站着的是一只狗，而不是一只猫。

考察德勒兹的动物观，要从相似性和差异性说起。德勒兹的哲学强调差异本身的首要性，传统哲学将差异降为次要地位，是从同一性或相似性的偏差中推导出来的。德勒兹提出了"差异本身"的概念——差异应该被独立理解，而不是作为预先存在的某种同质性事物或概念之间的差异。差异不是从事物的比较中得出的，而是一种内在的、具有生产力的力量，甚至重复也不仅仅是相同事物的再次发生，而是差异的表达。"差异本身"的概念可能提供了一种思考动物的方式，动物并不劣等或仅仅是人类规范的偏离，而是本身具有价值的物种。

　　在接下来的两部与加塔利合著的书籍中，德勒兹从普遍概念深入更加具体和具有行动性的假想之中。在《千高原》（*A Thousand Plateaus*）中，德勒兹与加塔利提出了"成为动物"的概念，即人类可以超越固定身份，参与和完成变形，实现生命的多样性和多重性体系的一部分。"成为动物"不是模仿动物，而是接受一种流动的、动态的状态，使人类和动物的差异互相交融、彼此丰富。成为动物就是跨越界限、寻找逃逸的道路，参与到自然的运动中来，但他们所说的成为动物不是成为宠物。在《千高原》中，两位作者作出了一个草率的论断：任何喜欢猫狗的人都是傻瓜（尽管在一张广为流传的照片上，德勒兹宠溺地在怀里抱着一只黑猫）。在两位作者看来，人类宠物已经被功用化和家政化了，德勒兹称其为"俄狄浦斯化"，它们所体现的是人类的主权和自恋。此种划分（野生和家养动物）后来也遭到其他学者，如哈拉维和乔安娜·贝德纳瑞克（Joanna Bednarek）等人的挑战。

在《敞开》中，阿甘本将科学和哲学史诊断为所谓的"人类学机器"的一部分，通过这种机器，"人类"被创造出来，与动物形成对抗。"人类"与其说是一种价值中立的生物学事实，不如说是一种暴力的政治虚构。虚构的人类和动物的二元论被认为在保护人类的主权。它使得人类偏离自我的本性和周围的自然世界，使得人类和动物成为控制和被控制、奴役和被奴役的关系，使得人类在其内部划分出次于正常人类、接近动物的"赤裸生命"。

阿甘本对动物的言说是围绕海德格尔而展开的。海德格尔认为，"石头是无世界的，动物是缺乏世界的，而人是筑造世界的"。人与动物的不同之处，即在于"缺乏"与"筑造"的不同，缺乏是被动顺应，向世界敞开；筑造是主动领悟，让世界向人敞开。人与动物的关键区分是能否"领悟"，即使存在物从有蔽走向无蔽的启示。换言之，海德格尔在人类和动物之间设置了一道无法逾越的鸿沟。

阿甘本玩味着海氏的"有蔽"和"去弊"的概念，解构了其关于动物的观点。动物对人来说是被遮蔽的，人的动物性对于自身来说是有蔽的。海德格尔让此在的去弊立于动物的有蔽处，通过将自己排除于动物环境之外，他将自己敞开到（非敞开的）人类世界。用阿甘本的概念来解释，即人给自己创造了一种"例外状态"，悬置了自己的动物性。与此同时，人类也阻止了动物拥有自己的动物性。因为在一个被人类视为"封闭"的世界里，动物不能成为（它们自己）的存在。

阿甘本提到了猫。在《赞美亵渎》（*Profanations*）里，像老鼠一样玩纱线的猫被阿甘本当作亵渎的动物而加以赞扬。亵神使通常的行为失效，同时给它们打开了一种新的可能性。对阿甘本而言，亵神绝非负面的行为，绝非使事物降格或降低它们的价值，相反，它是正面的行为，因为这一行为将事物从神圣的例外状态中解放出来。

在《敞开：人与动物》（*The Open: Man and Animal*）一书的结尾，阿甘本暗示了一条超越既往所有哲学史和思想史的道路：兽首的义人依靠神恩获得拯救。此时，神性不再对动物性进行否定，动物被纳入神的光环之中，传统的人类机制不再发生作用，所有"生物能端坐在义人的弥赛亚筵席上"得到拯救。至此，我们可以说阿甘本消解了人与动物之间的边界，实现了人性与动物性，即人与动物的和解吗？我的阅读经验是阿甘本的"对动物敞开"在实质上更多的是对生成非平等、非道德、非正义的文化结构进行批判，对威胁人类社会、制造牲人和奴隶的生命政治进行批判，而其对动物权力以及人与动物的平等关系的论述更多的是一种理论设想，尚还未提供一把钥匙，敞开让人与动物相遇之门。

在福柯、德里达、德勒兹、阿甘本和哈拉维之后，当代动物研究和后人类主义思想的集中爆发，使得自然科学和人文科学进入一个范式转变的阶段。我们可以称之为"动物转向"。正如麻省理工学院教授哈丽特·里特沃（Harriet Ritvo）在2004年所说，"动物一直健步地走向主流"。在过去的十年里，动物"迁徙"的速度更是增加了数倍。这不是单向运动，也非发生在单一领域，动物们以各种路径和面貌大规模地出现在人类的叙述之中。更多的学者，如彼得·辛格（Peter Singer）、汤姆·雷根

（Tom Regan）、芭芭拉·诺斯克（Barbara Noske）、伊丽莎白·贝恩科（Elizabeth Behnke）、马修·卡拉克（Matthew Calarco）、凯瑞·沃尔夫（Cary Wolfe）、大卫·亚伯拉姆（David Abram）、玛莎·C.努斯鲍姆.（Martha C.Nussbaum.）、H.P.斯蒂夫斯（H.P. Steeves）等在哲学、历史、生物学、神经科学、伦理学、媒体研究、文化研究、文学、社会学和经济学等领域更加深入地探讨着历史上动物的角色，以及人类与动物共存和相互影响的方式。比如，环境科学家发现动物、植物和整个生态环境是人类历史上的变革者。社会改革者、动物权利倡导者和动物保护主义者也以社会抗议和政治行动的方式，为改善动物的境遇、促进人和动物的和谐共处作着持续的斗争。

深层生态学伦理学家，提出建立和维护生物社区的主张。马克思主义动物研究学家，旨在揭露动物在资本主义社会被商品化的真相。现象学动物研究者，提倡"内部感学"（sensing from within）来建构动物的主体性。女性主义动物伦理研究者，强调动物保护和女性主义政治诉求的一致性。当代科技所打开的潘多拉魔盒为动物研究和后人类思想体系提供了新的养料，对于人和动物的分野提出了新的挑战——用人类基因培育的转基因动物，以及使用猪肾脏和狗肠子的人体移植均获得成功；嵌合生物体的发展进入更高级的阶段，可以制作包含来自多个物种的细胞；利用干细胞修复和再生人体组织和器官合成的生物学项目创造了具有新特性的生物体。这一切都进一步侵蚀了人-动物的边界，逼迫人类重新构建"动物和人类"这一对概念，同时这些科学的突破性发明也给人类提出了更多的政治和伦理问题。

　　因此，思考动物是一种极端的道德责任。思考动物就是思考人类、文化和政治，思考动物就是思考历史和未来，思考动物也意味着各个学科打开门户，向彼此敞开；

同时，思考动物预示着研究者和他们的研究对象之间一种新关系的开始——思考动物才能最终成为动物。

09   天　　无
绝猫之路

在过去5.4亿年中，地球经历了五次大灭绝，最后一次发生在6500万年之前。有一种说法称我们正处在第六次大灭绝的前夕，且物种灭绝的速度是之前的114倍（不同来源的统计数字略有不同）。感兴趣的读者可以阅读美国自由撰稿人伊丽莎白·科尔伯特（Elizabeth Kolbert）的著作《大灭绝时代：一部反常的自然史》（*The Six Extinction: An Unnatural History*），该书获得了2015年的普利策非虚构作品奖。

　　和前五次不同的是，第六次灭绝将不再是不可抗的自然灾害，而是人为造成的，是环境污染、气候灾难、过度开发等人类行为之恶果的多米诺倒塌。人类世尽头的景象可想而知：耕地丧失、农业失败、食物匮乏、淡水短缺，瘟疫、战争、经济崩溃、社会失序、人类流离失所……当然，大灭绝并不是地球上寸草不生，也不是不再重生，古生物学家将"大规模灭绝"定义为地球在短时间内失去超过四分之三的物种。几万年、几十万年甚至百万年后，地球又可以欣欣向荣。但，那将不再是人类世。另一位美国新闻记者艾伦·韦斯曼在《没有我们的世界》(*The World Without Us*）中就发出这样的感慨：当地球上最后一个人倒下，幸存的生物将大大地松了一口气。就自然规律而言，没有灭绝就没有进化的飞跃。大灭绝后余下的生命将被自然选择重塑，呈现出多种新的、奇妙的形式。当然，也有不少科学家质疑"第六次大灭绝"这个说法本身，但，问题在于我们是不是要等到置身于绝境的生态灾难中才能相信和确定呢？

大灭绝之后，空缺的生态位总会被新的物种占据，绝不会空闲出来。这么说，人类的末日并非地球的末日（人类估计等不到太阳的塌缩）。那么，当人类离场，作为陪伴动物的猫会幸存吗？又会以什么形态幸存？

物种灭绝事件的幸存者，不管是蟑螂、老鼠、甲虫、蚂蚁、章鱼，还是其他什么，都将经历迅速地进化，新的优势物种会出现。在数百万年的时间里，新的生态系统最终会发展起来，由幸存的物种以新的进化路径完成。从白垩纪的恐龙到鸟类的进化，就是一个典型的例子。当然在三分之二物种灭绝之前，人类也很有可能面临穷途末路之境。天启末日，被核战争、瘟疫、机器人起义、破坏性的基因工程等消灭或者基本消灭。

对于核战争或者瘟疫之后的后人类生物，我们可以向

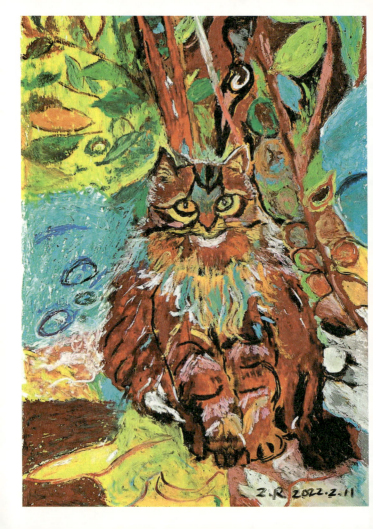

切尔诺贝利和传染病肆虐之后的一些地方寻找答案。文学艺术也在不断演绎着这骇人景象。电影《爱与怪物》（ *Love and Monsters* ）中，人类将和变异的巨大蟾蜍、蚂蚁、蜈蚣、蜗牛和吞沙虫并存。《人猿星球》（ *Planet of the Apes* ）中，具有高智商的人类近亲猩猩将在地球上崛起。《行尸走肉》（ *The Walking Dead* ）中，在人类废墟上，丧尸将泛滥横行。美国科幻电视剧《甜牙》（ *Sweet Tooth* ）的最新一季，设想了各种各样变异嵌合的人类 - 动物新生儿，在突如其来的灾难之后，人类和动物DHA染色体之间的隔离被打开⋯⋯

　　对于地球大灭绝几百万年之后的生物，人类的想象是有限的。在《奇妙的生命：伯吉斯页岩与历史的本质》（ *Wonderful Life: The Burgess Shale and the Nature of History* ）一书中，已故的美国古生物学家和散文作家斯蒂芬·古尔德认为，我们很难预示大灭绝之后成功的物种，他谦卑地提醒着我们进化过程的复杂性。

不管我是多么喜欢猫科动物，我也不得不想到这样一个事实，任何影响人类的物种大灭绝对于和我们生理需求相似的生物体来说都是危险的。从对地球大灭绝的研究成果来看，最可能在第六次大灭绝中幸存的是那些有着较强的内部循环系统，可以耐高温和酷寒，可以适应缺氧和缺水环境，抗病和抗辐射能力强、发育周期较短、能量消耗和低氧含量需求较少的生物。至于这些生物在几百万年的进化之后会变成什么样子，看来也只能依靠人类有限的知识和大量的想象。量子力学理论证明了粒子的状态是不确定的。我们以为熟悉的一切都是似是而非的，大灭绝之后几百万年的生物（虽然与祖先有很大的关系）为了适应新的环境，身体会作出哪些改变来承担新的任务，就更加不得而知了。

英国著名科学家杜格尔·狄克逊在他的《人类灭绝之后：未来世界动物图鉴》中发明了一个新的领域：推测性

《梦》

动物学。5000万年后的地球大陆将分为温带森林和草原、针叶林地带、极地苔原、沙漠、热带草原、森林和岛屿。在这些地带，将生活着兔鹿、猎鼠、象鼠、甲猬、橡叶蟾、弓鼠、树鹅、啸蝠、鼠兔、伶仃兽、长颈河乌、角面羚、狮鼬、花斑鼬、虫獾、吊尾鼠、极地鼠、靴鸟、海鼠象、鲲鹅、沙鼠、蛇尾鼠、沙漠恐鼠、沙漠蜜鼠、长颈魁羚、斑猿、狮狒、翔猴、河牛、袋貘、梭兽、花面鸟……

　　不出所料，哺乳动物中的兔子、老鼠、蝙蝠、鼬、獾和獴在大灭绝的过程中以大比分成为赢家。直接从猫科动物进化过来的只有一种分布在亚洲和非洲的热带雨林中的猴豹，它们的毛发、花纹、牙齿、胡须和耳朵都形似豹子，但是强壮的肩胛、卷尾、长臂和灵活分开的手脚趾头更像是猴子。它们有猫科动物的凶猛和捕猎能力，也有灵长类动物的敏捷和在树上跳跃的本领。有趣的是，它们以猴子为主要食物。狮狒和斑猿看起来也像猫科动物和灵长类动物的合体，但它们是从狒狒进化而来。南美梅豹的毛皮上布满了梅花状的花纹，但它们是从獴进化而来的。温带草原上和极地的地虎体型更小一些，外形类似狐狸和野猫，生有尖利的牙齿，以小型哺乳动物和鸟类为食，它们是一种啮齿类动物，也就是一种长得像猫的老鼠。

狄克逊的预测是根据细胞遗传、自然选择机制、动物行为、动物形态和发育、进化链、食物链、气候、植被和环境等要素，再加上艺术和文学细胞做出的。该书出版之后，就有读者对于犬类和猫科动物将从未来动物世界的版图上几乎消失，将生态位让给啮齿类动物的预测感到不适和不可信。

既然是推测性叙事，我们也不妨在这个未来世界的景象中加入对爱猫人士友好的愿景。在大灭绝中，大型猫科动物存活的概率很小，但是小型的野猫（包括野化的家猫）因其数量巨大，具有较强的适应能力和繁殖能力，应

《窗外有事》

该能有幸存的机会。今天，地球上适合猫生存的气候带从炎热的沙漠一直延伸到寒冷的冻土原。沙漠猫已经进化到可以尽可能地节约水分和忍受极端高温，寒冷气候下的猫长出了厚厚的皮毛和脂肪来保持体温，猫还可以通过改变它们的狩猎技巧和运动模式来适应不同的地形——森林、草原和湿地。你看它们在人类社会里多么成功！即使在充满危险的城市里，猫也能够安然度日，家养猫进化到能够长时间地忍受在室内生存，学会了使用猫砂和猫抓板，并能听懂简单指令。况且，按照食物链的原则，既然老鼠能幸存，猫就死不了。在广袤的温带草原上可能会出现兔猫，一种既食草又食肉的动物（鼠兔也是它的主餐之一）。此外，还有水陆两栖的海狸猫、以昆虫为食的尖嘴猫、生活在开阔地上的袋猫，以及有着厚重的眼皮和鼻孔盖，身体庞大，可以囤积水分的驼猫……

　　物种正在迅速地灭绝是令人痛心的事实，但有一点也许让人们心存希望，既然大灭绝是人为造成的，那就可以人为地放缓节奏，甚至一定程度的阻止。在灭顶之灾面前，人类放下偏见和仇恨，协同合作来延缓末日和应对灾难也许是唯一的出路：阻止化石燃料的排放，整合绿色技术，研发先进的农业技术、生物技术和气候工程；抑或通过辅助生育来保护濒危动物；开发克隆技术，复活消失的物种；通过基因编辑让动物和人类适应残酷的环境；等等。

已经有研究人员利用基因工程来培育耐热珊瑚，以应对将来气候变暖（据之前的预测，地球温度升高1.5摄氏度，70%—90%的珊瑚将要死亡）。2020年，美国致力于恢复生物多样性和保护野生动物的科学组织"复苏和恢复"（Revive and Restore)中的一个研究小组，克隆出濒危的黑脚雪貂。通过分析在热带地区饲养牛的DNA，爱丁堡大学的一些研究人员已经确定了能够抵抗寄生虫感染和增加体重的基因，并计划将这些基因转移到温带或寒冷地区的牛身上，帮助家畜适应日益变暖的气候。由哈佛大学遗传学家乔治·丘奇与企业家本·拉姆共同创立的克拉索（Colossal）公司正在开发一项"去灭绝计划"，其中就包括一个通过复原DNA技术找回猛犸象的研究项目。

小白鼠一直以来是科学实验品的代名词。近年来，猫有成为小白鼠的趋势。前面提到了密苏里大学的遗传学的科学家莱斯利·莱昂斯的一项研究表明，除了灵长类动物，猫和人的基因组结构是最接近的，成为理想的实验室动物对于猫来说弊大于利。目前，除了对猫进行基因改造以抵抗猫免疫缺陷病毒的研究之外，其他对猫所进行的基因编辑的目的主要是造福人类。美国一家生物技术公司InBio，利用CRISPR技术移除了猫基因中使一部分人类过敏的基因。受益人不是猫，而是对猫过敏又希望养猫的人。科罗拉多大学的教授埃里克·波什拉和他的合作者，创造了一种荧光猫，他们在家猫受精前将发绿色荧光的一种基因嵌入它们的卵子中，结果显示这些基因在幼猫的身上表现明显。荧光野猫将这些基因传递下去，这些后代也会发光。这种转基因猫，将对猫科动物和人类艾滋病的防治提供有效的方法。澳大利亚的科学家正在尝试利用基因技术来控制泛滥的野猫，让它们侵略性降低或者不孕不育。也许，将来科学家还会研发出智力和机能增强性的转基因猫，可以完成人类无法完成的任务。这不是什么遥远的幻想，中国科学家已经利用基因编辑技术对抑制狗骨骼肌生长的基因（MSTN）进行了敲除，培育出了两只肌肉发达的"大力神狗"。

　　到了迫不得已的地步，未来人类也许可以进行自身的基因改良来渡过劫难。比如可以从昆虫的基因里吸取抗辐射的成分（蟑螂在能杀死人类的辐射量10倍的环境中存活，一种寄生的茧蜂可抵御的辐射量是人类的300倍，可达 18 万拉德），可以在撒哈拉银蚁、庞贝蠕虫或者加勒比海火山口的超级耐热的虾身上寻找耐高温的基因密码，也可以通过基因技术增强人类在水下生存的能力。一个可以参照的例子是生活在东南亚水域，有"海上吉卜赛"之称的巴瑶族。由于长期生活在水上，其族人在视觉、味觉和身体器官方面都发生了改变，他们的脾脏比正常人大一半，可以储存和输送氧气。当然也可求助机器辅助，植入人工鳃和人工鳍来帮助不得不在水中求生的人类。鉴于目前巨大的、不可降解的白色垃圾的数量，未来可以处理和吸收塑料的物种也许能在食物危机中幸存。这也不是空想，美国国家自然历史博物馆的进化生态学家萨哈斯·巴尔夫说，塑料的主要成分为碳，而所有的生物都依赖于碳。也许，未来的人类可以研究出一种基因，产生出可以消化塑料的酶。但人类改良的时间点和伦理边界在哪里，它的风险和负面影响又是怎样的，一个又一个的难题接踵而来。

　　科学技术对于进化过程的干预产生了巨大的不确定性，一百年后的人类和动物世界将出现何种景象简直不敢想象。一些转基因的猫会不会进化出更高的智力——具备复杂的思考能力和解决问题的能力？或者具有其他原住猫所没有的特征。想象一下，在核毁灭之后，或者几百万年的后人类地球，具有高智商的猫发展出更复杂的社会结构，形成类似狼群的合作模式，共同狩猎和保护领地——它们在废弃的城市和乡村建立了划分各种用途的领地，管理食物和控制鼠类，帮助维持生态系统的平衡。希望在这些方面，它们的表现比人类出色。

　　艺术界对于后人类动物的再现也同样让人惊讶。英国艺术家科比·巴哈德，使用"猫王"的DNA创作出具有"猫王"基因特征的小鼠和一个模拟"猫王"人生的装置作品，该作品 2013 年 10 月在都柏林展出。[1]科比在 eBay 上以 22 美元的价格购买了"猫王"的一根头发。他把这根头发送到一家基因测序实验室，那里的科学家们能够从一根头发中识别出不同的行为特征（如社交能力、运动表现、肥胖或成瘾）。然后，科比将收集到的有关基因的数据发送到另一个实验室，定制了一个具有和"猫王"的基因同样特征的小鼠克隆体，也就是一只转基因老鼠，科比制作了一个多层的鼠笼，目的是重建"猫王"的一生中那些关键时刻。每个笼子都提供了一个特定的环境，旨在影响老鼠的心理，让老鼠的一生更接近于"猫王"的一生。艺术家认为，对"猫王"有影响的一些要素包括：他与母亲的关系（因此，老鼠得到了一

[1] 该艺术作品的名字是《我所是的一切》（*All That I Am*）；具体信息可参见柏林三一学院的科学画廊（Science Gallery）网站。

个老鼠妈妈作为陪伴），他小时候是霸凌的受害者（在这层笼子里，老鼠会受到外部的刺激和威胁），发现自己的才能，成为明星（有一面扭曲的镜子，使老鼠看起来更大），参军、妈妈的死亡、离婚，这些事件都由一个作为隔离室的笼子所代表。最后一个笼子，体现了"猫王"生命的最后三年。笼子顶部的一个小跑步机代表了当他工作到死的时候，老鼠会一个劲儿地跑啊跑，直到最后倒下。科比并没有将这个项目推进到最后一步，这太残忍了，但他成功地提出了一系列的问题：我们是否可以进入一个宠物店，选购一条狗、一条鱼或一只猫，让它们具有与流行偶像或历史人物相同的基因特征和心理状态；是我们的基因更重要，还是我们的人生经历更重要？以及购买一件二手物品，是否使人对另一个人的基因数据有合法权利？其实，在这个装置艺术中还暗含着一个猫和鼠关系的反讽：以"猫王"命名的埃尔维斯，

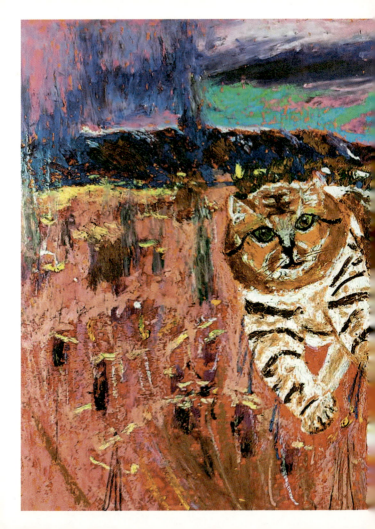

《猫王》

最后成了一只老鼠；老鼠也可以成为"猫王"。①

雷维托·科恩（Revital Cohen）和图尔·范·巴伦
（Tuur Van Balen）是两位英国艺术家和设计师，以探索生
物学、技术和伦理界面的作品而闻名。他们的"呼吸生命
支持狗"的概念，旨在探讨狗（那些失去价值，即将被安
乐死的赛狗）是否可以成为活体呼吸机或者透析机来为人
类提供治疗。在这个过程中，人、机器和狗成为一个生命
体，这也正应了哈拉维的赛博格的理念。

后人类猫正悄悄地成为一个新的文化意象。诞生于日
本动漫的猫耳少女现在被做成各种表情包，并成了Cosplay
的新时尚。在法国蓝12工作室（Blue Twelve Studio）研
发的一款名为"流浪猫"（Stray）的游戏中，你将扮演

---

① 后证实含"猫王"特征的转基因老鼠为误传，科比在采访中表示其工作
的目的是加强公众的危机意识。他的科研项目经过媒体的宣传与夸大——
暗示其好像真的创造出了这样的老鼠。

一只小猫，和家人一起探索废弃的城市丛林。其间你会遇到 B-12，一个小机器人——请求你帮助他逃离这座城市……另外，一款由美国波特兰的游戏设计者埃里克·布鲁姆瑞奇（Eric Blumrich）开发的游戏"宁静之地"（Peace Land），将背景就设置在他的家乡缅因州波特兰的一个小岛上。游戏开始，九只猫（猫的名字有男孩、加里、卡里纳、阿宁、女孩、扎克、罗南、苏轼和伊丽莎白）醒来发现人类同伴消失了。于是，它们决定结伴去寻找。随着游戏的深入，每个化身为猫的玩家都有机会体验多种故事情节，从而最终作出决定："人类值得被带回去吗？"

　　一个物种的地狱，也许是另一个物种的天堂。一扇门关上了，另一扇门肯定会打开。无论有没有人类，生命几乎肯定会找到新的出路。想象没有人类的地球还有猫（不管它们以什么样的形式存在），它们将在新的家园里打盹、跳跃和繁衍，这个画面也可以让人类有一点点欣慰吧。

10

我
生命中的   猫

    福柯家的猫叫"疯癫"，赫胥黎的猫叫"灵薄狱"，萨特的猫叫"虚无"，德里达的猫叫"逻各斯"，我的猫叫"薛定谔"。在薛定谔之前我养过两只猫，还有其他一些猫也在蓬松或坚硬的岁月里踩下过猫脚印。

    和我在一起生活的第一只猫，就在我身上留下了永久的伤痕。那是一只什么颜色的猫我都不记得了，我情愿那是一只橘猫。它在我姥姥家的炕柜上安静地趴着。那时我大概是三岁，因为四岁之后我就从姥姥家回到父母家里了。姥姥长得什么样我也不记得了，只记得她很面善。记得姥姥的院子里有一棵大柳树，恰好姥爷也姓柳。屋子中央有一个红色的摇篮，屋角有一个炉子。姥爷喜欢把馒头片放在炉子里烤着吃，后来他死于食管癌。我记得晚上关灯睡觉我会害怕，记得感冒了姥姥会把鸡蛋打在一碗白酒里，然后点燃白酒，把酒里烧熟的鸡蛋喂我吃。不过姥姥不是我的亲姥姥，是专门给人带小孩的姆妈。姥姥家有一只猫，那只猫非常喜欢跳到姥姥的炕柜上待着。

那一天，我父母和姐姐来姥姥家看我。他们带了好多好吃的，那时候的好吃的也无非就是蛋糕、饼干和山楂罐头。我坐在爸爸的怀里，爸爸坐在炕上，后背靠着那个炕柜，炕柜的上半部是一幅玻璃画，画的是伟人头像。不知什么时候那只猫开始不满了起来，我猜它可能有些厌烦和嫉妒。在毫无征兆的情况下，它猛地从上面跳了下来，在自由落体的一秒钟里，它的后爪从我的右脸颊完美划过。

在鲜血从长长的伤口里冒出来之前，我最先看到的是我爸爸脸上表情戏剧性的变化。就在大家乱作一团之际，大橘猫一溜烟地消失了，之后有很多天也没看到它。姥姥说她把闯祸的大橘猫送到很远的地方扔掉了。不过很快它又回来了，在院子里追逐着姥姥养的几只母鸡。姥姥逢人就说猫是自己找回家来的，既然它回来了，也就不想再扔掉了。每次当姥姥说到猫居然从那么远的地方自己找回家，她都会扑哧地笑出来，笑完了还偷偷看我两眼，仿佛觉得自己笑得有点过分。

回到自己家之后，很长时间里我都不大开心。一是想念姥姥，二是父母都是严肃的知识分子，没有原来姥姥家街坊邻居的烟火气，这样那样的规矩也多了很多。比起其他人家，家里的生活条件还是不错的，有肉蛋奶可以吃。房子是砖混结构的，比姥姥家的草房好多了，但是有一点不好，就是房顶闹耗子。北方的屋顶，在最上层的瓦片和椽子之间是有很大空间的。椽子上面往往会铺一层薄木板，为了美观，在布板的最下面，也就是屋子里的天花板上会贴一些好看的花纸。不知什么时候开始，耗子们就拖家带口地定居在我们的屋顶上。上半夜无事，到了下半夜就跟开了锅一样，老鼠们各种跑酷和吵架斗殴。父母用了鼠药和捕鼠器，都收效甚微。"为什么不养一只猫？"每次我提出这个问题，我妈都不容置疑地说："猫是白眼狼，养不熟。"虽然我不大懂这话的道理，但据我观察，小时候周围邻里确实养狗的居多，没什么人家养猫。现在想想其实就是因为那时候大家都不富裕，一年沾不了多少荤腥。猫又是肉食动物，不吃碳水。一般人家养不起，也养不住。

后来，我真有了一只小小猫，是我用一盒饼干和邻居姐姐换来的。她家是开食杂店的，所以养了一公一母两只猫。我要来的是五胞胎里的一个。刚来的时候"小不点"

作者和猫

小橘子、薛定谔猫画像

小橘子初来乍到

小橘子沉思

小橘子、薛定谔在书房

面具之下　朋友家的猫

幼年小橘子参演的短片

熟睡中的巴克斯

成年薛定谔

女儿和巴克斯

晚上不停地叫，我就用小碗冲了奶粉喂它（我妈终于同意我养猫，但开出来的条件是由我全权负责）。我那时不知道猫不能喝牛奶，但是事实证明，"小不点"也没喝出什么毛病，也毛茸茸地长大了。好像它的毛确实比一般的猫要长一些，性格也更温和，我给它取名叫白妞。

20世纪70年代，各家各户虽然有大门和院墙隔着，但一般是防君子，不能防小人的那种。所以，虽然白妞是家猫，但它还是能跳出去到处溜达，是一种半散养的状态。院子里的孩子经常在一起玩儿，一般是男孩和男孩玩儿，女孩和女孩玩儿。因为养了猫，我一下子成了大院里女孩子们的核心，每天吃完晚饭，我都会把白妞抱出来让大家撸一撸，白妞不耐烦跑掉了的话，大家再玩上一会儿糖纸，或者跳一会儿皮筋什么的。我家不远处的老葛家有一只小公狗，这只小狗子浑身上下黝黑色，浓眉大眼的，也煞是可爱。他家的小六子是这条狗的主人。我妈不让我和老葛家的孩子们玩是有道理的，小六子不大爱说话，有点蔫坏，经常出馊主意，闯祸之后背锅的又都是别人。

这天，我和女孩子们正和白妞在一起玩儿，那边过来小六子一伙儿男孩子坐在我们对面。他们在那里窃窃私语，不怀好意地朝我们指指点点。突然小六子旁边的男孩子迅速地跑过来把白妞抓了过去，然后小六子让小黑狗骑到了白妞的身上。他们几个男孩子兴奋地围了一圈，不让我们靠近。小黑狗有些兴奋，有些不知所措，被按在狗子身下的白妞拼命要挣脱出去。女孩子们其实都不懂发生了什么，又都隐隐感觉不对劲，大大地羞耻。在经历头脑的短暂空白和极度的愤怒之后，我冲了上去，不知哪里来的力气，连滚带爬地把白妞解救了回来。回到女孩子这边的时候，我已经是泪流满面。

这是我人生中第一次遭遇和性有关的侮辱，虽然是动物之间的未遂案，但欲望是赤裸裸的人的欲望，哪怕这些男孩子也就八九岁的样子。现在总有人说过去都是美好的，人们都是淳朴和善良的，我可以告诉你那是主观臆测。一个物资匮乏的时代肯定有偷鸡摸狗的行为。同样，在一个禁欲时代，无疑也是欲望最荡漾的时代，肯定会有各种明里暗里的变态和荒唐的事情。在我生活的小镇，有一年就出现了一个连环杀手，在晚上出没，专门用匕首刺向女性的生殖器和子宫。

可这些都不提也罢，最令人气愤的是男孩子里面有一个我的好朋友，他叫吴东。因为名字相似，性格投合，我们两个经常在一起玩，有些爱生事的大人会开玩笑说我们在搞对象。在刚刚那场闹剧中，我分明看见他也在男孩子群里大笑。我愤怒地瞪着他半天，可他根本不和我的目光相接。自那以后，我们就变成了陌生人。过了一段时间偶遇，他一下子长高了很多，面貌也有了好些变化，好像那个事件竟然成为他的成人礼一样。

　　后来，白妞开始捉老鼠了，屋顶安静了很多，家里大人孩子都可以美美地睡到天亮了。再后来，白妞吃了中了毒的耗子死了。我哭了一天，难过了一个星期，日子不还是要继续往下过？让我惊讶的是，小六子看到我们扔掉的白妞尸体时表现出一副不敢相信的样子。我远远地看见他蹲下去，打开包裹白妞尸体的小袋子，盯着看了相当长的时间，似乎是在默哀。我也算是在心里原谅了他，但是我永远都不会原谅吴东。

　　再次养猫已经是三十年之后，我女儿长到我当年想要养猫的年龄。之前我们家也没闲着，养过兔子、乌龟、鸟、鱼、鸡。但是很惭愧，它们都死了。死因各种各样，主要是因为对动物的习性了解不够、粗心，以及各种不可抗的因素，比如冬天给兔子洗澡（兔子实在是太臭了），虽然我拿着吹风机使劲地吹、拿被子拼命地捂，小黑兔还是在我怀里抽搐着死了。那个小白兔，当时因为我们全家要从哈尔滨搬到南京，就送给了我先生的一个亲戚，尽管他之前答应和他胖墩墩的小儿子一起好好照顾小白兔，结果第二天小白兔就成了他家的盘中餐。我告诉女儿，兔子们去了天堂马戏团，小白兔去表演吃萝卜，小黑兔表演挖洞。女儿也很开心地重复着这个故事给她的小朋友们听，直到她自己不再相信为止。

小乌龟是因为自己爬到房间的一个夹缝处，卡在那里出不来。我们找了几天都没有找到，找到的时候已经是干尸了。鱼是跳出鱼缸自杀的。两只鹦鹉是因为在我们出门的两天里撞倒了装食物的盒子，食物撒到了它们够不到的地方，饿死了。鸡本来是买给我妈妈的，她因为罹患阿尔兹海默病，整天没有事情做，所以我给她安排了一个她熟悉的工作，喂鸡和遛鸡。禽流感流行那年，邻居们对养鸡有意见，我们只能把鸡送到菜市场，让人宰杀了。女儿的哭嚎和指责让我们那顿饭吃得心情有些沉重，但味道还真是不错。

所以，养动物让我们了解动物，培养了爱心和责任感吗？也许吧。每天给它们搭配饮食、创造一个舒适干净的环境，还要关注它们的精神健康，确实需要金钱、感情和劳动的投入。这也是自然教育的一个环节：接触自然、珍爱生命和承担责任。但是没有人提到死亡啊，这么直观、这么惨痛的打击怎么和孩子解释，如何来平复他们的创伤？用"天堂马戏团"那一套总归是糊弄不了有了幼儿园文凭的孩子的。对于死亡，我们的文化里有奇怪的矛盾性：一方面我们对死亡讳莫如深，避而不谈；另一方面又对死亡如此麻木不仁。有一次，我到菜市场取宰杀好的活鸡（我在鸡贩子处理的当儿，出去买菜了），就在鸡笼子旁边，站着一个老奶奶和她两三岁的小孙女。她们显然不是买主，只是路过此地，祖孙俩被眼前的血腥场面深深地吸引，一老一小目不转睛地看着杀鸡人的一举一动，像是在看一部大片一样那么着迷。说实话，我也不知道如何解释这些生命的死亡，说出来的都只是一些基本常识，颇有一些无奈。诸如，生命是脆弱和无常的，至少通过它们的死亡，我们终于知道应该做和不该做些什么了。但是那深深的疑虑（为什么自己养的鸡是能吃的，而兔子不能吃？小白兔和小黑兔到底去了哪里？）和沉重的关于死亡的阴影是如何进入女儿的生命之中，又如何能够排遣？我就完全不知，也无暇关注了。

　　还是说说我家的猫吧。2006 年我家养的猫叫阿咪，其实本来阿咪也有个挺文艺的名字，但是只有叫"阿咪"的时候，猫才有反应，所以索性就叫阿咪了。阿咪是我们经常去的北京西路一家私人菜馆老板养的一只大母猫的幼崽。当时的情形是一个急于出手，一个渴望拥有。我们两个大人虽不情愿，但是眼看着小猫就那么软乎乎地赖在女儿的怀里，一心软就答应了。经历死亡痛苦的人，又无可救药地对抚育生命开始抱有希望了。

　　阿咪是中华奶牛猫里的美人，花色漂亮，眉眼妩媚。最可贵的是，阿咪既玲珑可爱又保留了野猫的凌厉。有几次，我们在阁楼的楼梯上发现了一些血迹，想破脑袋也是毫无头绪。后来，有一次楼上传来一阵剧烈的扑通声，我跑上去看到阿咪居然逮到一只从九楼开着的窗子飞进来的食果蝙蝠，它的迅捷和残暴我也是第一次见识到。整个蝙蝠不到几分钟全部进肚，一点儿残骸也没留下。饱食了蝙蝠的阿咪，马上又恢复成一副乖巧和懒洋洋的样子。

　　在四个月的时候，本来是独生女的阿咪遇到了一个竞争者，是两个陌生的女孩请求寄养在我们家的一只白色波斯猫。为什么要替两个陌生人照顾猫我也忘了，这两个女孩之前不认识，之后也没联系。那只猫叫面条，这个名字还是我在打下这行字的时候想起来的。面条在见到我的那一刻就决意要背叛它的主人了——在两个漂亮女孩不满的惊呼声中，面条奋不顾身地扑倒在我的怀里，还不停地跟我蹭脸和亲吻。我可以不谦虚地说，我在小动物和小婴儿那边还是非常受欢迎的。

面条来了之后，阿咪是百般不爽。论年纪、个头，面条都占了上风，也理所当然成了家里的老大。吃饭、抢地盘样样要占先。有时候特意给阿咪加餐，当着面条的面，阿咪也不敢吃。但是对于面条的某些过分的要求，阿咪可是毫不屈服。有几次，当面条满怀性致地在阿咪的屁屁后面嗅闻的时候，阿咪会突然怒目圆睁，反手一个猫巴掌打在面条的胖脸上，模样像极了一个贞洁烈女。阿咪看面条不爽的原因还有一个，就是面条特别能发嗲和黏人，每天要抱抱、要亲亲好多次。作为中华田园猫的阿咪不怎么理解波斯猫和铲屎官之间的亲密行为，但它也会用眼睛冷冷地观察，我都能依稀感觉到它从鼻子里哼出来的气息。但是每次我把面条放下，想要抱起阿咪的时候，它大概是慑于面条的淫威，每次都想了一会儿，然后悄悄地溜走了。

把面条送走，在确定面条已经完全离开了之后（面条的猫窝和饭碗都一起带走了），那天阿咪突然放飞了自我，在房子里跳跃和奔跑起来。跳跃的步伐就是一种轻快的舞步，有节奏地转圈，还亲自到各个房间视察了一番，到各个门上去蹭脸，在地上打滚。它甚至主动地跑到我面前，让我把它抱在怀里，这个举动在之前是完全没有的。我受宠若惊地把它抱起来，不敢过于热情，十分轻柔地替它按摩着。它睁着眼睛看了我一会儿，突然索然无味地跳下去，一副这事也不过如此的样子。从此，再也没有主动来示好了。

阿咪发情之后没几天，我们就给它做了绝育手术。绝育之后，阿咪的性情和技能也没有什么变化，依然是我行我素的样子。我们在老菜市街住的是一个老房子，前面是吵闹的菜市场，后面是车棚和各种居民自行搭的小棚子。有一天，我们赶着要出门，就在关上门的刹那，我和先生听见里面"砰"的一声。我们打开门进去的时候，就听见阿咪尖利的嘶吼。那天不知道为什么窗户开了，它跑到窗户外面的一层窄窄的台阶上走来走去，谁知一失足掉到了二楼的晾衣架上，被上面的尖刺扎穿了腿，又痛又惊地在那里大声叫唤。后面两个小时，我们尝试了各种办法爬过各种违规的搭建，踩破了年久失修的车棚屋顶，划破了一条裤子，还差点摔到车棚里面，最后终于将叫得声音嘶哑的阿咪解救了下来。在送去宠物医院之前，我还非常冷静地用碘伏和酒精给它消了毒，用纱布给它做了简易的包扎。到了医院一切还算顺利，麻醉之后，阿咪立刻就像一个小死猫，身体僵硬，舌头也耷拉了出来，可怜极了。手术结束回到家，再等阿咪醒来都已经半夜两点了。它睁眼瞧了瞧，很虚弱的样子。我跟它说了会儿话，它就又睡去了。这时候，我和先生才觉得全身都要散架了。

　　阿咪恢复得很快，开始是一瘸一拐地蹦跶，两三个月过后，就又能在楼梯上飞来飞去了，但是腿跟处有一块肉就一直缺着，摸上去空空的。还有一次，阿咪溜到走廊上，邻居以为是野猫把它扔到院子里了。我带着猫粮到处去找，终于在一群野猫中间发现了它。阿咪应该是听出了我的声音，经过片刻的思考，它还是决定"弃暗投明"，回归家庭了。回家之后阿咪拉了两天的黑屎，也不知道这两天它都吃了什么，经历了什么。

阿咪给了我们一个更加完整的家。一个三口之家好像缺了点什么，那个毛茸茸的东西就是一个原始的、稳定的因子，正好填补了一个核心家庭中心那无可名状的缺席的位置。它是一个确认人类主体，又进化了人类主体的一个他物。2009 年在我去加拿大做博士后的那一年，为了我和女儿的签证过关，证明我是有家室、有恒产且有恒心的一家之主，不会滞留不归，我还给签证官提交了一张一家四口的照片。我女儿抱着几乎抱不动的阿咪，咧着大嘴傻笑的样子，肯定为顺利过关起到了关键的作用。

　　但是，我们这个四口之家最后还是没有能如愿保持完整，原因是我婆婆住到我家来了。一个出生在20世纪30年代末，经历过特殊历史时期和大饥荒年代的人无论如何也不理解我们对猫的付出和宠爱，恰好这个人又控制欲很强，又恰好我家先生是个百依百顺的儿子。情况就是这么个情况，我说的养猫的好处都是无形的、看不见的，她的绝不能养猫的理由都是实实在在、有目共睹的。仿佛为了佐证他妈妈的英明，我家先生陆续发展出身体上的各种过敏症状，以至于我要在"要猫还是要他命"这两者之间进行选择。你看一个无辜可爱的猫咪是多么容易被牺牲掉，来成全一个家庭的和睦。在我冷冷的默许之下，猫被送给了一个单身的老人家，好消息是老人家对阿咪很好，喂得也精心，还让阿咪上床睡觉。这也算是给我一个心安的理由。

　　这之后的一些年，我也救助了一些猫，短暂地收留了一些猫，喂养了一些野猫，还流连于猫咖和宠物商店，如此，丧失阿咪之痛也算是得到了心理上的补偿。一只叫阿弃的小黑猫是我在街上捡到的，那天雨大风大，一阵狂风突然把一个黑色的小毛球吹到我的脚边，也就是几天大的小猫。我把毛球带回到家里的阁楼上，取名阿弃，打算先保证它活着，再寻找收养的人。也许是因为这个名字不吉利，阿弃一直都保持着一个自闭的、不肯服从人类意志的状态。它基本不在猫砂盆里拉尿，也从不在你能看见它的时候吃饭。可能因为它是一个弃儿，没有猫妈妈来教它如何和人类打交道吧。过了两个月，阿弃终于被人领养，谢天谢地。

　　小碰瓷是一只狮子猫和橘猫的串儿。它在我女儿骑车经过的路上突然冲出来，女儿来不及刹车，车轮碾到了它的尾巴。在宠物医院治疗一段时间之后，小碰瓷如愿拥有了长期饭票。收养它的是一个有两个男孩的法国家庭，他们给它取名为米诺，显然比"小碰瓷"文雅、高级多了。后来孩子的妈妈经常给我发一些视频和照片过来，不到一年，米诺就出落成一个相当威武又极端温和的长毛橘猫。在一个视频里，家里新来的小黑猫百般挑衅和欺负米诺，米诺都是一副虽"逆来顺受"，但我自岿然不动的样子。

还有阿黄。它是我在安徽和县居住时候遇见的一只猫。它小时候被收养过，又被遗弃了，之后就被大家收养了，吃百家饭，又享受着野猫的自由，可算是完美的猫生了。阿黄小的时候很可怜，身上经常挂彩，不是耳朵被抓破，就是脸被咬一个大窟窿，要不就是腿突然瘸了，看来是一个经常受欺负的主儿。在家门口放的猫粮，阿黄也经常抢不到，我只好单独给它吃小灶。后来发现阿黄不只在我家受到格外的优待，它的可怜相以及超强的和人类打交道的能力，总是能让它如鱼得水，到处混吃混喝。因此，阿黄的营养应该是野猫中最好的。到了快一岁的时候，它居然打遍四方无敌手，打败了老猫王，征服了众多的母猫。据十里八村的邻居反映，阿黄每晚都到各处求欢，搞得淫声四起，不知播下多少种子，生下多少只小阿黄。作为一只野猫，阿黄的黏人可谓是真心喜欢人类。有时候我一开门，它就扑将上来，吓得我连连后退，满身灰尘不说，身上还潜伏着无数只跳蚤。它还经常趁人不注意混进家里，蜷缩在角落睡觉。有一次，家里突然一阵巨臭，以为是阿黄拉屎了。结果找了一天也没找到罪证，才知道居然是冤枉了它，阿黄只不过在睡梦中放了一个巨臭的屁而已。这么臭的屁，家猫是放不出来的。

阿黄这种二癫子精神给自己讨了不少便宜，但也吃了大亏。有一次，它偷偷潜入隔壁尤老师家睡觉。恰好尤老师当天出远门，把阿黄锁在屋里达半个月之久。幸亏阿黄是有人惦记的猫，邻居马婶多日不见阿黄来混饭，甚是想念，又依稀听到了从尤老师家传来的猫叫声，在脑子中一顿联想，就猜出个大概。尤老师收到了马婶的信息之后，立刻结束旅程，驱车一百公里赶回来。幸运的是，家里存的一桶清水在这半个月里保全了阿黄的性命。除了几床被子都被阿黄尿了，其他并无损坏。阿黄明显地瘦了几斤，但依旧生龙活虎，可谓是当之无愧的"猫坚强"。

阿黄是一个奇葩的猫，是我唯一看到的在野性的呼唤和文明的感召之间左右逢源的猫。阿黄也是一个知道感恩的猫，有一次我出门看到阿黄叼来一只老鼠，还有一次看到半条蛇，都整整齐齐地摆在门口台阶的正前方。

现在我家的两只猫是薛定谔和理查。但私下里我们都叫它们的小名：阿咪（阿咪Ⅱ世）和小橘子。这两只猫本来都是流浪猫，收养薛定谔是因为我女儿的电影需要一个猫演员。我婆婆已经搬走，影响力基本不在了，而女儿的影响力与日俱增，占据了主导的地位。我只不过起了推波助澜的作用。

薛定谔是个奶牛猫。两只眼睛又大又圆又黑，嘴巴上面有一颗媒婆痣，嘴巴下有一撮小胡子，看上去就有莫名的喜感。薛定谔是一个十足的吃货，喜欢吃，又吃得精细。每天和它的交流都基本是围绕着吃进行的。一到开饭的时间，它眨着大眼睛，不停地发出悠长的夹子音。事实上，这种声音只是和人类交流的时候才有，它和小橘子之间的对话主要是肢体语言，偶尔会发出短促的咕噜声。虽然它不吃人类的粮食，但是它喜欢看人类吃饭。一坐就是整个午饭或者晚饭的时间，它一边仔细观察，还一边不停地咂动嘴巴，好像这样就体会到了某种吃的快感。随着它发出夹子音和舔舌头的频率越来越多，我给它和小橘子的罐头配额从两天分一个小罐头改为一天一罐，个别需要奖励的时候就再加一罐。它肯定比小橘子吃得多，这是毋庸置疑的。我看到它在埋头饕餮之前，还会对比和掂量两个二分之一罐头的分量。如果哪天我忘了小罐头，薛定谔就会过来提醒，一路引领着我，翘着颤抖的尾巴，连滚带爬地小跑到装着小罐头的柜子跟前。这个时候，它居然会蹲下来，投怀送抱，以此作为开小罐头的交换条件。我这么说，是因为在其他时间它并不喜欢人类的拥抱。当小罐头被打开的瞬间，我听到它会从肚子里发出像狗一样急切而短促的呜呜的声音。

三岁的薛定谔已经长得硕大和肥壮了。我女儿对我的不加节制的喂养表示严重抗议。她分析我的心理机制是创伤型的，因为她小的时候胃口奇差，我使出浑身解数做的任何东西都不能让她心动和嘴动，于是我就成为传说中那个到处追着孩子喂饭的妈妈。我女儿说我把薛定谔喂得这么肥，就是在重温当年创伤的过程中所发展出来的某种心理补偿机制。对此，我不置可否。

薛定谔是个小馋猫，也是一个文艺猫。除了吃饭睡觉，它把大部分的时间用来观赏风景。它趴在南面阳台上望向小区的树木和楼宇，从北面卫生间的窗子上望向远处的紫金山和后面的独栋别墅区，偶尔冲着下面的野猫和树上的喜鹊"咔吧咔吧"地叫上几声。有时，我会静静地站在它的身后，不知道为什么，在看风景的薛定谔后面看风景，居然可以看到更美的风景。

理查，或者小橘子本来是救助的一只猫。刚到我家的时候，眼球几乎被一层白翳蒙住了，只留出中间的一点点小洞，可以保证些许的视力。到现在，虽然经过手术恢复了视力，它还是习惯性地歪着头看人。2021 年 6 月，当两个星期大的小橘子正被一群大狗围着，一条腿上还流着血，猫生逆到家的时候，我们恰好遇见了它。等把它带到宠物医院检查才发现，除了瞎眼，小橘子还正感染着肺炎，右腿骨折。雾化和注射治疗最终治好了小橘子的病，但也造成了小橘子对宠物医院的极度恐惧，后来每次去驱

虫和打疫苗，小橘子都会出现强烈的应激反应，弄得医生
们都很头疼。

由于眼瞎，小橘子看上去丑丑的，性格既胆小如鼠，
又生猛如虎。所以我给他起了个大名：理查，理查Ⅲ世的
理查。"既然我不能成为一个情人，索性就做一个坏人的
理查。"也正因为它丑和瞎，一直也没有人愿意收养，我
和女儿索性自己留下了。结果阴差阳错，女儿的电影没能
如期拍摄，薛定谔长得太大了，不符合角色的要求了，于
是御用猫演员换成了小橘子。在影片中，小橘子出镜次数
虽少，但也吃了不少苦头。和小主人公一起在雨中折腾了
几个小时，其中有个镜头是在一个即将被水淹没的桥洞
里，小橘子趴在主人公的脚下，在惶恐中等待雨停。按照
小橘子的个性，它是不可能在这么多陌生的人类的围观下
长时间地一动不动的。可就在那时，桥下突然出现一群小
鸭子，它们把小橘子的注意力完全吸引了，小橘子老老实

实地盯着小鸭子们，直到这一幕拍摄顺利过关。影片内部放映的时候，我在最后的演职员表里赫然看到了小橘子的名字，当场笑喷，在路上想想又笑喷，回家后还把这个好消息转告给了小橘子。

小橘子后来在做绝育手术的时候，顺便做了眼睛手术，视力基本达标，不妨碍它上蹿下跳，满屋跑酷了。跑酷可是小橘子的一大绝技，奔跑的速度接近飞。它能从楼梯脚起跳，一下子蹦到客厅沙发的边侧，然后越过整个四座的连排沙发飞到沙发的另一端，再径直飞到窗户中间的横梁，然后蹿到天花板吊顶的里面，随即就失踪了。这项绝技使它能成功地逃避薛定谔肥胖的大爪子，也能在陌生人造访的时候溜之大吉。

我养猫和养女儿一样都是粗放型的。薛定谔和小橘子不如网上的一些别人家的猫那么养尊处优，也没有打扮得有明星和王者风范。有时候忙起来我也会忘了给它俩剪指甲和梳毛，洗澡也不那么频繁，主要靠它们自己打理。也不像抖音里的猫主人给猫亲自下厨，保证荤素搭配，我家这两个家伙只吃猫粮和罐头。但它们对猫粮和罐头的品质还是非常讲究的，喜欢一些专门的品牌，对另一些品牌半口不动，哪怕你饿它们一天，罐头的水分都蒸发了，快变味了，它们也毫不妥协。要知道这些罐头的价格并不便宜，包装也一样精美。还有一些罐头，即使我送给小区里的野猫，野猫都表示十分嫌弃，我就不说是什么牌子的了。

薛定谔和小橘子基本是各自为政，但相处也算是融洽。有时候会相互舔毛，闻闻嘴巴和屁股，很少有打架的时候。两只猫都像个跟屁虫一样，我在哪个房间，它们就在哪个房间玩耍睡觉。薛定谔卧在我脚下，小橘子则在稍远的地方。由于我先生的过敏性鼻炎，两只猫不能进入卧室，它们会一大早就守在卧室的门口，耐心地等我出来。

　　猫给我家带来的变化，比被挠成丝的沙发和打碎的花瓶要多得多。比如，我一看到小橘子认真蹙着的眉头，抱起薛定谔肉嘟嘟、软绵绵的身子就莫名感到欣喜；比如，我在家里说话的次数明显增加，当我的女儿饿了，会朝我"妈乌""妈乌"地叫个不停；比如，可以和养猫的帅哥聊个不停；比如，生病之后，我首次发现没了嗅觉就闻不到猫屎的味道……春夏秋冬，我喜欢它们吃饱喝足了，找到家里最温暖最凉快最软和的地方待着，一副很巴适的腔调。我喜欢它们在家里到处乱跑，好像猫丁很兴旺的样子。如果没有它们的陪伴——我会怎么样？我也不敢想象。

尾　　声

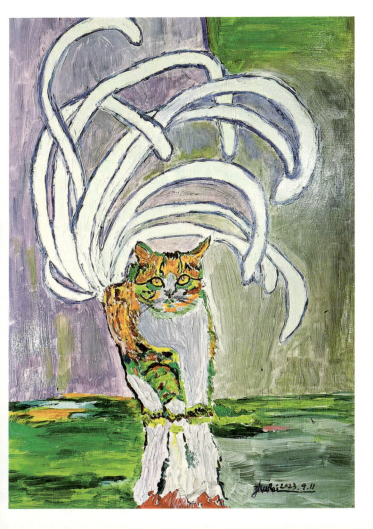

《布偶非木偶》

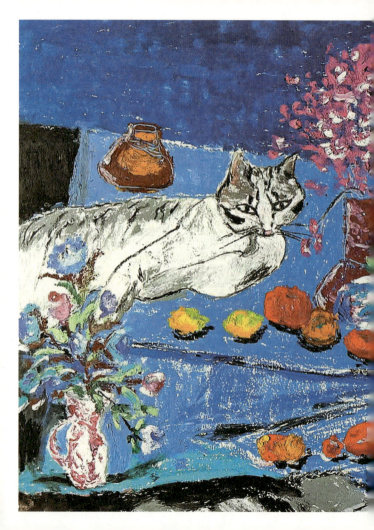

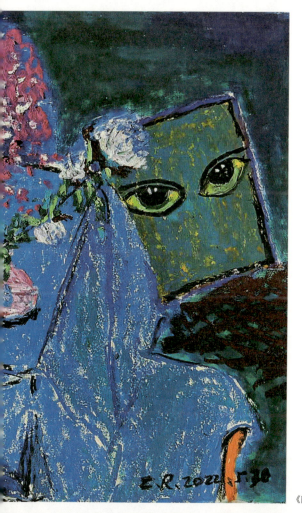

《陷入了沉思》

《假正经》

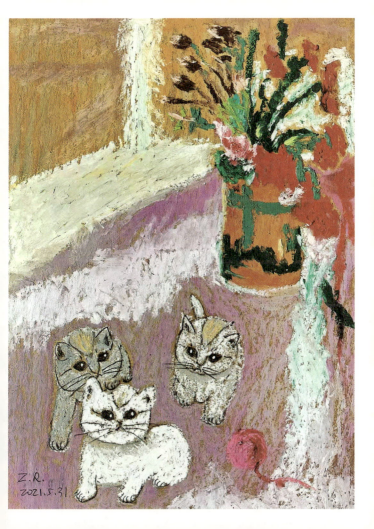

《远方》

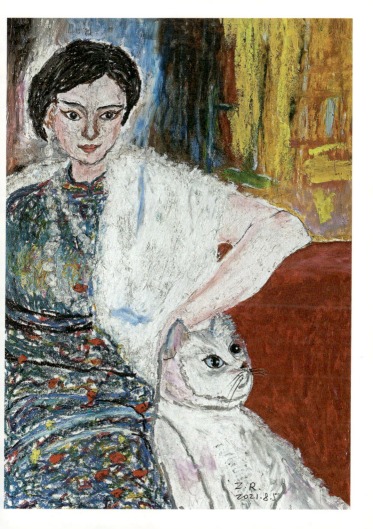

《长假》

布袋上的　　　猫

朱　蕊

夏目漱石写道:"我是只猫儿……我出生在哪里,自己一直搞不清楚……我曾经'喵喵'的哭叫来着,在那儿第一次看见了人这种怪物……我在书生的掌心上,稍稍镇静之后,便看见了他的面孔……当时我想:'人真是个奇妙之物!'"这只猫和书生一起经历了猫生和人生,或者,猫生就是人生,人生就是猫生? 在猫的眼里已然很难区分。

《莫斯科小猫》也是以猫的视角来观照生活的,这只叫萨韦利的特立独行的猫,代表作者的思考,它以猫眼认识世界、认识人类，追求自我、追求自由，堪透生死。它说，"命运就是这样，总是逆着我们的毛梳"。在这里，人和猫难于区分主客体，猫咪看清世界、看清命运，与人们一同承受着"逆毛"，但即便如此，世界破破烂烂，还是由小猫来缝缝补补。

猫咪缝补世界的本领与生俱来，它们真是受欢迎，打开电脑，右下角就跳出来"桌面猫咪合唱团：实时打字跟随"，橘猫拉手风琴，狸花猫拉小提琴，蓝猫吹萨克斯，牛奶猫吹长笛，玳瑁猫小小的爪子抓着麦克风煞有介事地领唱，当然还有众猫合唱……它们的小模样看得人忍俊不禁。有时发呆，电脑休眠进入屏保，跳出来的也是猫咪图片，各种萌样，令人心生欢喜——你喜欢时，大脑前额叶会产生多巴胺，据说多巴胺这种神经递质可以让人情绪稳定，专注力提升，学习能力增强。多巴胺是大脑奖赏的一种化学物质，让大脑产生兴奋和愉悦的感觉。这是猫咪对人类实在的贡献。怪不得丰子恺说，"可知猫是男女老幼一切人民大家喜爱的动物。猫的可爱，可说是群众的意见"。

古今中外，爱猫的名人可以排成长队，他们的故事也耳熟能详。陆游爱猫，写下了很多关于猫咪的诗句，我抄录过不少，至今还有"书法"挂在家里，"风卷江湖雨暗村，四山声作海涛翻。溪柴火软蛮毡暖，我与狸奴不出门"。博尔赫斯的白猫贝珀和他一样有名，他说为猫写诗是他一辈子的事情，"你比恒河及彩霞还要遥远，你注定孤独、注定玄奥……你是一个梦境般的封闭世界的主宰"。聂鲁达说"人想成为鱼和鸟……但是猫/只想做猫/所有的猫都是纯粹的猫"。还有海明威、达利、毕加索、安迪·沃霍尔、布考斯基……

民间的猫奴更不可以车载斗量。记得小时候邻居家养猫，那猫通体雪白，长毛，眼睛一黄一蓝，总是悄无声息地飞速蹿过来，但到我面前时它急停，也是悄无声息地"唰"一下停住了，与你保持一小段距离，用那双漂亮的异瞳探究地看我。它看我，我也看它，然后，它就慢慢踱开去，又穿行于屋顶、楼梯、晒台，一会儿去啃食花（草），我有时担心它将花盆打碎，但它在各种狭小的空间里游刃有余，竟然从没有碰翻过东西。我惊奇于猫的漂亮和轻柔绵软，还有——界限感。后来我才想到，界限感，这大概是我爱猫的原因了。当然，漂亮，是我会多看它几眼的最早动因。后来，在《金阁寺》中我读到"除了我，几乎所有注释者都忘记说：猫原来就是美的凝聚体"，我想，是啊，这么明摆着的事，就没必要特别提出来说了吧。前不久，朋友为我画猫写过一篇文章，她是资深爱猫者，她说我许多视角都是从美出发，以至于对被弃养的猫咪下了这样的结论，"真可怜，因为长得不好看而被人扔掉"，朋友写道"她怎么想得到，遗弃或虐杀根本不是美丑的缘故，而是出于最现实的经济原因以及扭曲的心理需求……"作者的视角让我有所领悟，有些看似明摆着的事，并不是那样的理所当然。

2022年，有段时间，足不出户，活动范围缩小，所见也有限，但和猫咪打照面的机会变得更多了，小区园子里，它们一如既往地活跃。黑猫或者白猫，有时是玳瑁猫、虎斑猫，经常见，有几只甚至都能认出来，有只白猫额头上一撇一捺两道黑色，我们叫它"小八"。看得出来，它们性格各不相同，有的黏人，你轻轻呼唤一声"咪咪"，它就撒欢儿跑过来，绕着你转圈；有的会停下来，远远地看你一眼，判断你是否会给它吃的，然后走开；有只黑猫胆大，在小径中间蹲定，你靠近它也不让开。说是小径，其实也就是几块小石块铺排出来的，它往当中一蹲，你就只能和它对峙了，像个剪径的。可不管什么样的性格，猫都和你保持着它们认可的距离，看得出来它们很有主意，这界限是由它们划定的，感觉它们真的像"君子"，淡如水的关系，可以相见，更可以一别两宽。当和你别过，猫们联翩腾挪，可以"漠视""蔑视"人们的规则，游走于所有它们的意志所能到达的地方。李可染曾说，"小猫眼里有大世界"，这时的猫们，是否应对人们产生怜悯？而毫无疑义的，此时的人们羡慕着猫们的自由自在。

波德莱尔于自由身体力行，他写《恶之花》，也忍不住写猫，"有只漂亮而健壮、温柔而可爱的猫，在我脑海中，仿佛在它的套房里漫步"。巴塔耶在《文学与恶》中引用萨特对波德莱尔的评论，"为了恶而作恶，就是故意与人们一直笃信的善相背而行……他极力否认既定的秩序……但自由需要完全附着于善，维持善，强化善"，这里是说，人如果无法自省，不能自我谴责，就无法实现自爱。而能够反观自身的人，则获得了一种孤独，这是真正自由的人才有的巨大孤独。这种孤独感与猫的界限意识以及特立独行吻合，它们高视阔步，只服从于自己的内心，没人可以收买它们。善与恶，自我谴责和自爱，孤独与合群，自由与禁锢……人与猫，当谈论猫咪的时候，或者说不定也是在谈论人吧。

我有一只布袋，上面有一只跷着二郎腿弹吉他的简笔猫像和蒙田语录中的句子："当我跟我的猫玩时，谁知道是它跟我消磨时间，还是我跟它消磨时间？"这只布袋应该是《蒙田全集》的文创周边。人和猫的这种纠缠，似乎到了一种猫我两忘的境界。我喜欢背着这只布袋穿梭于城市之中，有一种"成为一只猫"而成功进入自由独孤世界的感觉，尽管城市熙熙攘攘。

《假装合群》

关于作者

孙冬，诗人，译者，南京财经大学教授。出版诗集《残酷的乌鸦》（2010年，南京大学出版社）、《破乌鸦》（2017年，江苏凤凰文艺出版社）和《书写动物》（2023年，江苏凤凰文艺出版社）；曾获得扬子江诗学奖、南方诗歌奖诗人奖等多种奖项。散文、评论和诗歌散见于国内外学术、文学期刊和诗歌合集。最新的一部译著《被埋葬的孩子：山姆·谢泼德剧作集》于2024年8月，由南京大学出版社出版。

关于绘者

朱蕊，高级编辑；中国作家协会会员；上海作家协会理事；中国世界华文文学学会理事；上海诗词学会理事。出版散文集、随笔集多部。获中国新闻奖、全国副刊论文奖、上海新闻奖等国家级及省级奖项三十余项。2021年开始绘画，同年开始发表绘画作品。2023年3月、9月，分别举办"闲画间行——朱蕊小品展""'如此'——朱蕊小品展"。2025年，在《旅游时报》上开设专栏《猫咪游记》。

《小黑和小八》

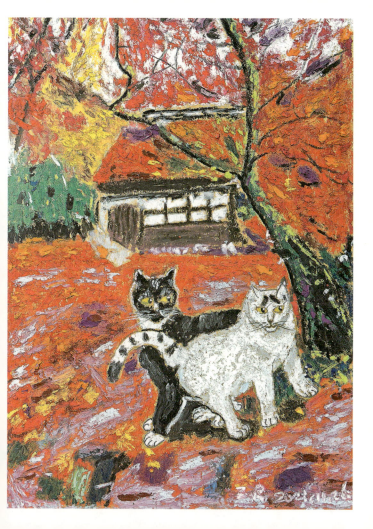

Z.R.
2021.6.29

自在

《自在》

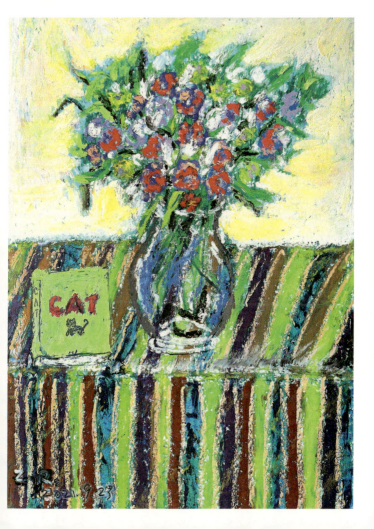

图书在版编目（CIP）数据

如何成为一只猫 / 孙冬著；朱蕊绘 . -- 南京：南京

大学出版社，2025.3（2025.7 重印）-- ISBN 978-7-305-28424-3

Ⅰ . I267

中国国家版本馆 CIP 数据核字第 2024X9V576 号

出版发行　南京大学出版社

社　　址　南京市汉口路 22 号　　邮编　210093

书　　名　**如何成为一只猫**
　　　　　RUHE CHENGWEI YI ZHI MAO

著　　者　孙　冬

绘　　者　朱　蕊

责任编辑　谭　天

书籍设计　周伟伟

照　　排　南京新华丰制版有限公司

印　　刷　南京爱德印刷有限公司

开　　本　889mm × 1194mm　1/64 开　　印张 5.5　　字数 158 千

版　　次　2025 年 3 月第 1 版

印　　次　2025 年 7 月第 2 次印刷

ISBN 978-7-305-28424-3

定　　价　88.00 元

网　　址　http://www.njupco.com

官方微博　http://weibo.com/njupco

官方微信　njupress

销售热线　（025）83594756

出版统筹　沈卫娟
项目策划　诺　曹
责任编辑　谭　天
责任校对　刘慧宁
书籍设计　周伟伟
营销编辑　宋思洋